Das Buch

Vier Männer und eine Frau treffen in einem Sammeltaxi zusammen, das von Damaskus nach Beirut fährt, dem »Paris des Ostens«, der glänzenden weltoffenen Metropole am Mittelmeer, die die Sehnsüchte der Menschen auf sich zieht. Die Lehrerin Yasmina will dort Gedichte veröffentlichen und das Großstadtleben genießen. Der Sänger Farah will als Künstler Karriere machen. Der Apotheker Ta'an will sich Blutracheplänen seiner Sippe entziehen. Der Fischer Abu Mustafa will den Klauen eines Wucherers entkommen. Der Ausgrabungsarbeiter Abu Mu'allah ist fest entschlossen, eine wertvolle antike Statue zu stehlen, um endlich seine Familie aus der Armut zu befreien. Die Menschen im Taxi interessieren sich nicht füreinander, sondern verlieren sich in ihren Erinnerungen und Träumen, aber niemand von ihnen wird seinem Schicksal entgehen. Ghada Samman hat in ihrem 1974 erstmals veröffentlichten Roman ein vielschichtiges Bild der Menschen ihrer Heimat entworfen und eine Ahnung der Gewalt formuliert, die damals schon in der Luft lag.

Die Autorin

Ghada Samman, geboren 1942 in Damaskus/Syrien, studierte Anglistik, lehrte an der Universität Damaskus, lebte ab 1964 in Beirut und wohnt heute in Paris. 1977 gründete sie einen eigenen Verlag. Ihre zahlreichen Romane, Erzählungen und Gedichte gehören zu den meistgelesenen in der arabischen Welt. In deutscher Sprache liegt derzeit außerdem vor: ›Alptraum in Beirut‹.

dtv drei kontinente

Ghada Samman:
Mit dem Taxi nach Beirut
Roman

Aus dem Arabischen übertragen
und mit einem Nachwort versehen
von Suleman Taufiq

Deutscher
Taschenbuch
Verlag

dtv

Von Ghada Samman
ist im Deutschen Taschenbuch Verlag erschienen:
Alptraum in Beirut (11567)

Ungekürzte Ausgabe
März 1993
Deutscher Taschenbuch Verlag GmbH & Co. KG,
München
Titel der arabischen Originalausgabe:
›Beirut 75‹

ISBN 3-922825-40-0
Umschlagtypographie: Celestino Piatti
Umschlagbild: Rotraut Susanne Berner
Gesamtherstellung: C. H. Beck'sche Buchdruckerei,
Nördlingen
Printed in Germany · ISBN 3-423-11646-3

Die Sonne war glühend heiß und unerbittlich. Die damaszenische Straße schwitzte und lechzte. Die Gebäude und die Bürgersteige bebten vor Fieber und flimmerten in der kochenden Hitze, die alles verdunsten ließ. Selbst die Stimmen waren dunkelbraun geworden und erstickten.

Für eine Weile hatte Farah den Eindruck, daß die ganze Straße ohnmächtig würde: die Bäume, die Autos, die Passanten, die Straßenverkäufer und der Mann, der vor der Sammeltaxi-Zentrale stand und mit heiserer Stimme rief »Beirut! Beirut!«.

An der Taxi-Zentrale ging eine kleine, hübsche Frau vorbei. Farah glaubte zu sehen, daß ihre Wangen erglühten, als sie den Namen »Beirut« hörte. Oder war es die Hitze?

Alle Männer und Frauen träumten von Beirut, dachte er. Ich bin also nicht allein; aber ich fahre dorthin, um Beirut zu erobern!

»Beirut! Beirut!« rief der Mann mit dem herabhängenden, dicken Bauch, der aussah, als fiele er bald vor Hitze in Ohnmacht. »Beirut! Beirut!« Er sang den Namen, als stellte er eine Tänzerin in einem Kabarett vor.

Eine schöne junge Frau erschien mit ihrer Mutter, die sich von der Tochter verabschieden wollte. Die Mutter war verschleiert und bescheiden gekleidet, während die junge Frau ein Minikleid trug, das zwei blasse, stämmige Beine freigab.

Die fährt auch mit, dachte Farah. Wir brauchen noch drei weitere Mitfahrer, und dann kann es losgehen. Lange kann ich nicht mehr warten.

»Beirut« machte ihn zittern, als sei dieser Name eine nackte Frau, die an seinem Körper hing.

Schließlich war das Auto voll. Auf den Rücksitz setzten sich drei verschleierte Frauen, von Kopf bis Fuß in Schwarz.

Farah saß neben dem Fahrer und die junge Frau neben ihm am Fenster. Ihre Mutter weinte beim Abschied. Die junge Frau schaute den Fahrer ungeduldig an, damit er endlich losfuhr. Farah erinnerte sich an seine Mutter. Er haßte

Abschiede, denn beim Abschied wurden große Worte gemacht, die so klebrig wie Harz waren. Seine Mutter hätte nicht geweint, sondern ihr Gesicht mit den rauhen Händen bedeckt, in deren Rissen sich stets etwas Erde von der Feldarbeit hielt. Das machte sie immer, wenn sie sich grämte, um schließlich ein leises, tränenloses Schluchzen hören zu lassen. Jedesmal, wenn er sie so schluchzen hörte, ahnte er, daß ein Unglück geschehen würde. Vielleicht war er deshalb ohne Abschied fortgegangen. Aber das Empfehlungsschreiben seines Vaters an einen reichen Beiruter Verwandten, Nischan, würde ihm helfen und ihn schützen. Zum zwanzigsten Mal fühlte er nach seiner Tasche. Hatte er den Brief etwa verloren? Plötzlich kam ihm der Gedanke, daß er vergessen hatte, seinen Wecker mitzunehmen und seinen Schrank abzuschließen. Hatte er das tatsächlich vergessen, oder doch nicht? Er wußte es nicht, er war sich nicht sicher. Es war immer dasselbe. Manchmal hatte er sich bei der Arbeit verspätet, weil ihm unterwegs einfiel, daß er vergessen hatte, den Schrank zu schließen. Dann fuhr er fast die ganze Strecke von Damaskus nach Douma* zurück, und als er angekommen war, entdeckte er, daß der Schrank verschlossen war.

Immer bildete er sich ein, den Schrank nicht zugeschlossen zu haben, um dann festzustellen, daß der Schlüssel sogar zweimal umgedreht war. Woher kam dieser Trieb, den Schrank zuzumachen, obwohl er ganz genau wußte, daß er nichts enthielt, was irgend jemanden hätte interessieren können? Er wußte es wirklich nicht. Weder er noch der Schrank waren schuld daran. Er taugte einfach nicht für die Arbeit als Beamter. In Beirut würde er endlich machen können, was er wollte.

Oh, diese Sonne ist wirklich verdammt heiß! dachte er ärgerlich. Es ist ja zum Ersticken! Und diese Frau neben mir schließt auch noch das Fenster, damit ihre Frisur nicht durcheinander gerät. Es geht kein einziger Lufthauch mehr. Wie widerwärtig doch die Frauen sind!

Die junge Frau neben ihm dachte: Oh, die Sonne ist wirk-

* Kleine Stadt in der Nähe von Damaskus.

lich verdammt heiß und trotzdem herrlich. Sie läßt mich glühen und verstärkt mein Fernweh. Ich liebe ihre Strahlen auf meinem Gesicht. Freudig nahm sie von Damaskus Abschied.

Das Taxi verließ die Stadt und fuhr schnell an Rabawa und Hamma vorbei.* Hinter sich ließ es den großen Felsen am Eingang von Damaskus, in den ein Verliebter gemeißelt hatte: Erinnere dich immer an mich.

Vielleicht hieß der Verliebte selbst Damaskus, ging es der Frau durch den Kopf. Aber sie, sie würde Damaskus bestimmt vergessen.

Farah las den Satz und wurde traurig. Eine geheime Müdigkeit floß durch seine Glieder. Er drehte am Knopf des Radios und fragte den Fahrer dabei: »Darf ich?« Der Fahrer mit dem rätselhaft leidenden Ausdruck gab keine Antwort.

Die Stimme des Nachrichtensprechers dröhnte; sie war jedoch nicht die einzige Stimme im Auto. Es gab noch ein leises Weinen: Die drei Frauen auf dem Rücksichtz weinten.

Die junge Frau überlegte: Vielleicht fahren sie zu der Beerdigung eines Verwandten, der in Beirut gestorben ist.

Farah überlegte: Warum weinen sie bloß? Vielleicht fahre ich zu meiner Beerdigung. Und die Wahrsagerinnen des Schicksals werden mich dann begraben und beweinen.

Er drehte sich nach ihnen um und versuchte vergeblich, ihre Mienen zu entziffern. Es schien ihm, als gäbe es unter den schwarzen Schleiern keine Gesichter, sondern nur geöffnete Münder in Schädeln ohne Fleisch und Haut und ohne Augen. Es waren Löcher, aus denen leises und ruhiges Weinen drang. Es stieg auf wie der Staub und das Stöhnen aus der Öffnung einer Grube, die eben eingebrochen war.

Das Auto ließ die grünen Ebenen hinter sich und fuhr durch eine kleine Wüste. Damaskus war endgültig verschwunden.

Farah dachte: Ich werde nur als reicher und berühmter Mann zurückkehren.

Yasmina dachte: Ich werde nur als reiche und berühmte Frau zurückkehren.

* Grüne Ebenen hinter Damaskus.

Yasmina drehte am Radio, während sie den Fahrer fragte: »Darf ich?« Sie konnte dieses Gerede des Radiosprechers nicht mehr hören. Aus dem Radio kam nun Musik zum Träumen – und dieser elende Fahrer antwortete nicht.

Yasmina fühlte sich wie ein Wald, durch dessen Bäume die Musik streift wie der Wind. Sie schüttelte seine Bäume und Äste. Sie weckte seine Schlangen und ließ die Vögel zwitschern. Stets öffnete die Musik in ihr eine rätselhafte Kammer voller verborgener Gefühle. Dann fühlte sie sich, als wäre sie verliebt – nicht in eine bestimmte Person, sondern ganz allgemein und unbestimmt.

Sie war immer bereit, sich zu verlieben und zu lieben, Feuer zu fangen, sich zu quälen und dann wieder alles zu vergessen, ohne daß der Geliebte etwas davon bemerkt hätte. Das Kino hatte dieselbe Wirkung auf sie. Sie empfand immer Sympathie für die verliebten Heldinnen, und wenn sie das Kino verließ, imitierte sie die Heldinnen, ihre Bewegungen und ihre Frisuren.

Wie nett und charmant der junge Mann ist, der neben mir sitzt. Aber es scheint mir, als sei er irgendwie traurig.

Plötzlich bog der Wagen ab. Ihr Körper klebte an seinem Körper, ihr Becken berührte seine Hüfte. Er betrachtete sie ganz genau: Sie war sehr hellhäutig und sehr füllig; wie die meisten Damaszenerinnen hatte sie schwarze Augen.

Vielleicht geht sie in Beirut zur Schule, überlegte Farah. Aber eigentlich ist sie zu alt dafür, etwa fünfundzwanzig Jahre. Fährt sie nach Beirut, um dort ihre Kleider zu kaufen, wie viele Damaszenerinnen aus bürgerlichem Milieu? Aber ihre Mutter sah wie eine einfache Frau aus. Sucht sie etwa auch nach Ruhm?

Auf dem Rücksitz wurde das Weinen lauter. Das bekümmerte Farah plötzlich: Ich würde gern zurückkehren, würde gern mit dieser hellen, dicken Frau zurückkehren, sie heiraten und in meinem Haus in Douma mit ihr zusammenleben. Jeden Tag würde ich dann zu meiner Arbeit nach Damaskus fahren, jeden Tag, bis ich sterbe. Sie würde dicker werden, und der Geruch von Kochen und Fluchen würde ihr anhaften. Ich würde zum Chef über die anderen Beamten aufsteigen und vom Pendeln zwischen Douma und Damaskus im

Winter Rheuma und vielleicht Tuberkulose bekommen. Wir würden alt werden, und unser Bett wäre Langeweile, Anspruchslosigkeit und Kindergeschrei. Nein, das werde ich nicht tun!

Er rückte von ihr ab und rutschte enger neben den Fahrer. Nein, nein, er wollte nicht heiraten und auch nicht zurückkehren. Er wollte Beirut. Er hatte das Bedürfnis, über Beirut zu sprechen. Er fragte den Fahrer nach dem Wetter dort, um ihn in ein Gespräch über die Geheimnisse und den Zauber Beiruts zu verwickeln. Der Fahrer antwortete jedoch nicht, er blieb stumm. Sein Gesicht war das Gesicht des Fahrers eines Leichenwagens. Wie kam es, daß er noch nicht bemerkt hatte, daß dieser alte, schwarze Wagen einem Leichenwagen ähnelte? Er drehte sich nach den Klageweibern um, von denen ständig eine heulte. Er spürte einen Druck auf der Brust und beschloß, mit der jungen Frau im heiratsfähigen Alter neben sich zu reden. Aber sie zeigte kein Interesse. Ihre Augen waren auf den Horizont gerichtet, als seien sie auf der Suche nach Beirut.

Ich habe die Arbeit als Lehrerin an der Nonnenschule satt, dachte sie. Es war langweilig, schrecklich langweilig. Die Tage verliefen mit schwerfälligen Schritten, sie waren wie ein betäubter Körper auf dem Operationstisch; und ich tat nichts, außer zu unterrichten, mich zu langweilen und Gedichte zu schreiben. Beirut wartet auf mich mit all seinem Glanz, mit all seiner Freiheit, mit all den Möglichkeiten der Liebe und des Ruhms, mit all den Möglichkeiten, meine Gedichte in seinen Zeitungen zu veröffentlichen. Mein Herz ist ein Vogel, der fliegen möchte. Ab heute werde ich keine Nonne mehr sehen. Ach, die Anwesenheit des jungen Mannes neben mir stört mich! Es scheint, daß er vom Land kommt. Er hat ein großes Bedürfnis, über sich selbst zu reden. Er ist schön und grob.

An der Grenze war Farah sicher, daß der Fahrer stumm sein mußte. Alle Passagiere stiegen aus, um ihre Reiseangelegenheiten zu regeln. Farah und Yasmina kehrten zurück. Aber die drei Klageweiber kamen nicht wieder. Der Fahrer ging, um nach ihnen zu suchen. In seiner Abwesenheit sprachen Farah und Yasmina kein Wort miteinander; beide waren mit sich und ihren Träumen beschäftigt. Und außerdem mochte Yasmina keine armen Männer, und Farah sah ärmlich aus.

Der stumme Fahrer kam zurück. Seinem Schweigen entströmte Fluchen. Der Wagen fuhr ohne die entschwundenen Klageweiber ab.

Vielleicht haben sie sich aufgelöst in der Nacht, wie das alle übernatürlichen Lebewesen tun, ging es Farah durch den Kopf.

Yasmina sagte fröhlich: »Vielleicht haben sie ein anderes Taxi gefunden, das besser und komfortabler ist, und sind damit weggefahren.«

Das blasse Abendrot beherrschte die Ebene von Stura, und der Wagen raste durch ihre nächtlichen Adern. Er fuhr den Berg hinauf, fuhr über Ral-al-Beida, Sofa und Hamdun* und näherte sich Beirut. Auf dem Gipfel der Berge brannte das Feuer und glühte. Auf den Straßen der Urlaubsorte explodierten die Feuerwerke und der Lärm der Menschen. Den Wagen empfing eine wunderbare Festlichkeit: überall diese Feuer, der Geruch des verkohlten Holzes und all diese leuchtenden, fernen Gipfel! Farahs Herz jedoch war bedrückt: Als wenn ich auf einem Festspiel wäre und mir, einem bösen Gott, ein Menschenopfer dargebracht würde.

Yasmina meinte freudig: »Das ist das Kreuzfest.** Wie schön!«

Beirut erschien in der Tiefe der Dunkelheit, glänzend und leuchtend wie Juwelen, die nachts heruntergefallen waren, um im Meer zu schwimmen. Am Strand hinterließ es seine Perlen, seine bunten Zauberdinge, die Kisten mit Bosheit und Glück, verziert mit Elfenbein, Ebenholz, Zaubersprüchen und mit Geheimnissen gefüllt.

Yasmina rief fröhlich: »Das ist Beirut.«

Farah spürte wieder sein bedrücktes Herz, und noch einmal fühlte er nach dem Brief in seiner Brusttasche.

Schweigend brachte der Fahrer das Auto am Straßenrand

* Libanesische Städte.
** Fest der Christen im Nahen Osten.

zum Stehen. Ein Reifen war geplatzt. Er begann, ihn zu wechseln. Wie zwei verzauberte Kinder betrachteten Yasmina und Farah aus der Ferne Beirut. Sie stiegen aus dem Wagen und gingen auf und ab, bis der Fahrer den Reifen gewechselt hatte. Im Scheinwerferlicht der dicht aufeinanderfolgenden Autos erschienen sie wie zwei zerbrechliche Körper, wie Flügel von Schmetterlingen vor dem Verbrennen. Farah hatte das Gefühl, er müsse sie nach ihrem Namen fragen und ihr seinen Namen nennen. Aber er konnte es nicht. Schließlich hörte er seine Stimme sagen: »Ich wollte Ihnen eigentlich meine Adresse in Beirut geben, aber ich kenne sie noch nicht.«

»So geht es mir auch«, entgegnete Yasmina. »Aber ich gebe dir die Adresse von meinem Bruder; anfangs werde ich bei ihm wohnen.«

Sie war sicher, daß er die Adresse später wegwerfen würde, genauso, wie sie seine Adresse wegwerfen würde. Keiner interessierte sich für den anderen.

Der Anblick von Beirut entfachte in ihnen einen Rausch der Begeisterung und nahm sie völlig gefangen. Immer wenn sie die Lichter in der Tiefe sah, loderte ein höllischer Glanz in Yasminas Augen: »Ich werde frei sein wie ein Schmetterling!«

Als der Wagen Alieh* erreichte, wurde er von einem Mann angehalten. Dieser neue Fahrgast sah müde und traurig aus und trug einfache, schlichte Kleidung. Er stieg ein und ließ ein lautes Seufzen hören: »Ach, ach, welche Zeiten!«

Farah stöhnte leise, und Yasmina dachte: Wie widerwärtig doch diese Leute sind, die ihre Trauer öffentlich hinausposaunen.

Der dritte Fahrgast seufzte wieder: »Ach, ach, welche Zeiten!« Abu** Mu'allah brauchte dieses laute Seufzen, damit sein krankes Herz nicht zersprang. Er kehrte zurück und ließ sie allein. Sie war ein hübsches kleines Mädchen. Er ließ sie dort in einem Sommerpalast in Alieh zurück. So etwas hatte er schon früher erlebt und war sehr traurig ge-

* Libanesische Stadt an der Straße von Damaskus nach Beirut.
** Vater (von; es folgt immer der Name des ältesten Sohnes).

wesen. Dieses Mal aber war die Situation anders. Er spürte, wie ihm das Herz wehtat. Man hatte ihm gesagt, daß Trauer nicht gut für ihn sei: Aber was ist dir denn geblieben außer Trauer, Abu Mu'allah?

Der Scheinwerfer des Wagens fiel auf ein Gespenst, das mit beiden Armen winkte. Das alte, schwarze Auto blieb stehen. Der neue Fahrgast schaute um sich, musterte die Mitfahrenden genau und stieg ein. Bestimmt hat er Angst, fuhr es Yasmina durch den Kopf. Und Ta'an hatte in der Tat Angst. Er fiel auf seinen Sitz und zitterte: Diesmal bin ich ihnen entkommen. Ich konnte mich absetzen. Ihre Kugeln trafen nicht.

Abu Mu'allah seufzte: »Ach, welche Zeiten!«

Ta'an war zum Weinen zumute.

In Al-Hazmia am Eingang von Beirut stieg der fünfte und letzte Fahrgast zu. Er warf seinen schweren Körper auf den Rücksitz und hielt sich mit seiner großen, rauhen Hand am Vordersitz fest. Yasmina erschrak, als sie nur drei Finger an dieser großen Hand sah. Ein Finger war ganz amputiert und von einem anderen fehlte die Hälfte. Sie betrachtete sein müdes Gesicht, das eines Mannes um die Sechzig, und dachte erstaunt: Ich habe nicht geglaubt, daß es in Beirut Elend und alte Menschen gibt!

Abu Mustafa merkte, daß die junge Frau ängstlich seine Hand betrachtete. Er nahm sie vom Sitz und steckte sie in die Tasche. Seine alte Kleidung stank nach Fisch. Traurig dachte er: Dieser Wucherer! Er saugt noch mein Blut aus. Jedesmal, wenn ich von ihm komme, ist mir zum Weinen zumute. Mein Aussehen erschreckt sogar die jungen Frauen.

Abu Mu'allah seufzte: »Ach, ach, welche Zeiten!« Und wieder dachte er: Wie konnte ich dich dort zurücklassen, du Kleine! Wie kann dieses Herz heute nacht nur schlafen.

Ta'an sah Abu Mustafa mißtrauisch an: Vielleicht ist er einer von ihnen. Es könnte ja sein, daß sie mich beobachtet und gesehen haben, wie ich dieses Taxi nahm. Dann waren sie vor mir in Al-Hazmia und hätten einen ihrer Agenten hier eingeschleust. Wird er mir sein Messer plötzlich in die Hüfte stoßen? Er bildete sich ein, daß etwas in seinen Körper eindrang wie ein Nadelstich. Er fuhr erschrocken von seinem Sitz und drehte sich zu Abu Mustafa um. Der war fast eingeschlafen und stöhnte.

Vielleicht tut er nur so, als ob er schläft. Er bringt mich sicher nicht im Taxi um. Er will mich bis in mein Versteck verfolgen.

Abu Mustafa jedoch dachte nicht daran, Ta'an zu töten. Er dachte traurig an den Wucherer.

Keiner der fünf Fahrgäste sprach ein Wort mit dem anderen. Yasmina, Farah, Abu Mu'allah, der Fischer Abu Mustafa und Ta'an, jeder war in sein Schweigen versunken; jeder war ein einsamer Stern, allein, aber alle kreisten sie auf derselben Bahn. Alle hatten ihre Augen auf den leuchtenden Steinwald gerichtet, der sich vor ihnen ausdehnte und Beirut hieß. Jeder betrachtete Beirut mit anderen Augen. Es gab nicht ein Beirut, es gab fünf Beiruts. Nur der Fahrer allein war desinteressiert und neutral wie der König des Todes.

Am Eingang von Beirut zwischen Al-Hazmia und Furn al-Schubak hatten die Straßenverkäufer ihre Waren unter den Bäumen ausgebreitet. Durch die helle Beleuchtung konnte Farah die merkwürdigen Waren erkennen: Plastiktüten gefüllt mit Wasser, in denen kleine, bunte Fische schwammen. Die Tüten hingen unter den Bäumen, und die Fische sahen aus, als schwämmen sie in einem durchsichtigen Licht. Yasmina schluchzte: »Oh, wie schön!« Die Fahrgäste auf dem Rücksitz zeigten kein Interesse. Farah indessen war betrübt, und die durchsichtigen Gefängnisse der Fische in der Nacht erschienen ihm wie die Lampen des Todes. Er wußte nicht, warum er auf einmal die Worte Dantes wiederholte, die an der Tür zur Hölle geschrieben standen: Du, der du diesen Ort betrittst, laß alle Hoffnung fahren.

Die Sonne hatte ihren Körper erweckt. Yasmina entdeckte die Berührung seiner Hände, das Getöse der Brandung, den Geruch von Salz, das Schaukeln der Jacht auf dem Meer, den Whisky, den sie noch nie zuvor probiert hatte, den weiten, blauen Himmel, der sie mit Wohlgefühl und Ruhe überflutete, als segne er die Momente des Erwachens ihres Körpers, die Sonne und das wilde Gefühl, das sie überkam, als sie sich zum erstenmal unter der Sonne entkleidete.

Ich habe mich noch nie außerhalb des Bades ausgezogen; bevor ich aus dem Bad kam, zog ich immer meine Kleider an. Doch, einmal im Haus eines Mannes in Damaskus habe ich mich entkleidet. Wir hatten alle Fenster geschlossen, alle Vorhänge zugezogen, alle Lichter ausgemacht und alle Türen verriegelt. Trotzdem drangen die Stimmen in die Dunkelheit ein, tanzten an den Wänden und mahnten vor der Sünde, die bald geschehen würde. Ihr Schreien und das Schreien meiner Mutter quollen aus meinem Körper, als ob ich von ihnen besessen wäre. Ihre Worte waren wie Skorpione, die meinen Körper bedeckten und bissen, ihre Gebote wie mythische Lebewesen, wie Würmer auf dem Friedhof, die in der Dunkelheit über meinen Köpfen liefen, ihn auffraßen und meine Lust auslöschten. Und als der Mann mich berührte, drangen die Stimmen ein und schrien wie ein Chor des Schreckens. Vielleicht hatte auch er die Stimmen gehört, denn er war unfähig, mit mir zu schlafen. Fluchtartig verließ ich sein Haus. Ich sah ihn nie wieder, und ich versuchte es nie mehr.

Die Sonne, die Sonne, Yasmina zeigte ihren hellen Körper der Sonne; es war die listige Septembersonne, die, auch wenn sie hinter einer Wolke stand, noch stach. Die Sonne verjagte die Stimmen aus ihrer Brust, sie befreite sie bis in die Poren von Skorpionen und Würmern. Yasmina war rein, hell und weiß wie der damaszenische Jasmin.

Eine Schildkröte bewegte sich langsam auf dem Holz der Jacht. Sie suchte Zurückgezogenheit und versteckte sich im Schatten. Dann zog sie ihren Kopf ein und schloß die Augen – aus Protest gegen die Sonne und die Hitze. Yasmina lachte. Arme Schildkröte, sie konnte ihren Panzer nicht ausziehen wie Yasmina, um die Sonne zu genießen; oder war sie gar seekrank?

In Jebeil zeigte ihnen ein junger Mann venezianische Antiquitäten. Er wollte ihr unbedingt diese Schildkröte als eine venezianische Schildkröte verkaufen, die angeblich mehr als dreitausend Jahre alt war. An diesem Tag fragte sie Nimer, nachdem er ihr Baalbek, Tyros und Tripolis gezeigt hatte: »Arbeitest du für jede junge Frau, die dir gefällt, als Touristenführer?«

Er antwortete einfach: »Ja, das ist die Tradition der libanesischen Jugend, erst kommt die Heimat!«

Nimer stellte den Motor ab und überließ die Jacht den Wellen und dem Wind, die sie hin- und herschaukelten. Er lief nackt wie ein Fisch auf dem Deck herum. Yasmina fühlte, daß sie beide die Legende der ersten Schöpfung erlebten. Diese Jacht war für sie wie eine Perlmuttmuschel, und der Himmel war unendlich weit und noch nie so klar gewesen wie an diesem Tag.

Das Eis ihrer siebenundzwanzig Jahre schmolz und auch der Schnee, der während der letzten zehn Jahre auf sie herabgefallen war, in denen sie als Lehrerin in der Nonnenschule arbeitete.

Sie vermochte sich nicht mehr vorzustellen, wie sie all diese Jahre leben konnte, ohne ihren Körper zu entdecken. Sie wunderte sich, daß sie ihn so lange wie eine Last mit sich herumschleppen konnte, wie eine Leiche oder auch wie ein Gerät, um Kreide zu benutzen. Sie entdeckte sich zum erstenmal als eine Welt voller Lüste. Wäre sie nicht nach Beirut gekommen, dann hätte sie nie gewußt, wie diese Lüste zu brennen vermochten, wie sie von ihnen erschüttert wurde und unter der Berührung seiner Hände tanzte. Er näherte sich ihr. Die Wassertropfen auf seinem blonden Haar leuchteten in der Sonne wie Tausende kleiner Lämpchen. Sie schloß die Augen und sah seinen von der Sonne gebräunten Körper vor sich. Gern betrachtete sie diesen starken, eleganten Körper, der nach Reichtum roch. Die Muskeln waren nicht hart wie bei den Männern, die mit den Händen arbeiten, aber auch nicht schmal wie bei den Männern, die nicht genug zum Essen haben, sondern wie waren schön und glatt, hatte er doch Zeit genug, um viel Sport zu treiben.

Sie haßte ihre Armut und liebte den Reichtum. Sie liebte seinen Körper, der den Wohlstand offen zur Schau trug. Sogar seine Füße verrieten den Reichtum. Sie waren sehr feingliedrig und ohne die Schwellungen, die man an den Füßen der Armen sieht, die dazu gezwungen sind, jahrelang dieselben Schuhe zu tragen, ganz gleich, ob sie hart sind, weh tun oder die Füße verunstalten. Die Haut seiner Fersen sah aus wie Kinderhaut. Sie hatte nicht die Schwielen der Leute, die barfuß laufen. Und alles, was er an Kleidung besaß, zeigte seinen Reichtum. Wenn er sich auszog, konnte Yasmina die lange Tradition seines Wohlstandes deutlich daran ablesen. Sie lachte dann und dachte: Er ist nicht arm, so wie ich. Er kam mit einem Scheckbuch im Mund zur Welt, während ich mit einem Schuldschein im Mund geboren wurde.

Was konnte sein mit teurem Sonnenöl einbalsamierter Körper nicht alles mit dem ihren machen! Nichts auf der Welt kommt dem Glücksgefühl gleich, das bei der Berührung mit dem Körper eines geliebten Mannes entsteht – zumal, wenn es unter der Sonne, am hellichten Tag und auf dem Meer geschieht, wo nur das Getöse der Wellen zu hören ist. Ihr regelmäßig schlagendes Herz verwandelte sich in eine Trommel, die den Rhythmus zum Tropentanz der Nackten schlug. Sie fühlte sich, als glitte sie in ein warmes, dickflüssiges Meer, das lärmte und schäumte und in dem viele bunte Fische vor ihren Augen vorbeihuschten. Sie seufzte. Die Wellen schlugen höher. Sie stöhnte. Die festen Körper der Fische streiften ihre Schenkel wie glänzende Speerspitzen.

Plötzlich hörte sie das furchtbare Krachen einer heftigen Explosion. Das Boot bebte. Unvermittelt kehrte sie aus der Tiefe in die Wirklichkeit zurück, und bevor sie noch fragen konnte, was geschehen sei, hörte sie eine weitere Explosion. Es schien ihr, als zittere Beirut am Horizont, als würde es von einem Erdbeben erschüttert. »Was ist passiert?« Gleichgültig sagte Nimer: »Nichts weiter. Die israelischen Flugzeuge durchbrechen mal wieder die Schallmauer. Komm her mit deinem Busen!« Eine dritte Explosion. Sie versuchte aufzustehen, und die Schildkröte verkroch sich endgültig in ihrem Panzer. Nimer meinte verärgert:

»Ich habe dir doch gesagt, es ist nichts weiter! Nur israelische Flugzeuge. Komm her mit deinem Busen!«

»Aber es ist schrecklich!«

»Das ist reine Routine. Daran haben wir uns längst gewöhnt. Sie tun nichts und schaden uns nicht. Sie wollen nur den Freischärlern Angst einjagen. Jetzt komm her mit deinem Busen.«

Sie verkroch sich wie eine Schildkröte. Sie hatte das Gefühl, als kreise ein riesengroßer, böser Vogel in der Luft über ihr, der die Sonne verdeckte und seinen elektrisierenden Schatten auf sie warf.

»Sie schaden uns nicht.« – Sie erinnerte sich daran, wie diese Flugzeuge vor einem Jahr über Damaskus den Tod herabregnen ließen. Sie hatte noch Glück gehabt, daß nur die Fenster ihrer Wohnung zerbrochen waren. Aber das Haus nebenan brannte ab. Sie wollte ihm das erzählen, aber ihre Stimme versagte.

Schon wieder eine Explosion. »Komm endlich her mit deinem Busen«, wiederholte Nimer ärgerlich, während sein brauner Körper sie umarmte. Und sie gehorchte seinem Willen.

Ach, ich habe mich verlaufen und bin allein!

Eines Sonnabendnachmittags stand Farah in der Al-Hamra-Straße* in Beirut und betrachtete den Karneval. Mit dem Rücken lehnte er an der Marmorsäule neben dem Café de Paris. Die Frauen sahen wie Pariserinnen aus, auch ihre Beine. Noch nie in seinem Leben hatte er so viele nackte Beine gesehen wie in der letzten halben Stunde. Die jungen Männer liefen herum, als ob sie tanzten. Alle gingen in einem tanzenden Rhythmus, als bewegte sich die ganze Stadt nach einer verrückten Musik, die er nicht hören konnte. Von den jungen Männern ging ein Geruch von Schweiß aus, der sich mit starken Parfüm vermischte. Farah stand da und betrachtete das alles mit Erstaunen.

Ach, ich habe mich verlaufen und bin allein! Wann werde ich endlich Nischan treffen?

* Bedeutende Geschäftsstraße in Beirut.

Seitdem er in Beirut angekommen war, lief er, von Staunen gepackt, ziellos umher. So viel Dreck auf dem Gemüsemarkt, so viel Armut und Elend in Al-Bourg* und in anderen Vierteln, so viel Gleichgültigkeit in der Al-Hamra-Straße und so viel Reichtum, Luxuslimousinen, Frauen, Juwelen, Parfüms und verwöhnte Hunde, Hunde, die bunt angezogen waren und aus deren Augen die Arroganz sprach. Als er versehentlich einem Hund auf die Pfote trat, sagte er sofort: »Entschuldigung!«

Ach, ich habe mich verlaufen und bin allein!

Vor dem Café Horse Shoe standen Menschen um einen Mann herum, der einen kleinen Affen tanzen ließ. Der Affe fürchtete sich gleichermaßen vor der Menschenmasse und vor dem Stock seines Meisters. Farah hatte Angst vor der Masse, dem Affen und dem Besitzer des Affen. Der Affe machte harmlose Bewegungen; aber die Menschen, die gerade aus dem Kino kamen, waren noch in ausgelassener Stimmung und fanden hier Gelegenheit, ihrer Ausgelassenheit freien Lauf zu lassen. Es waren die Karate-, Horror- und Gewaltfilme, die überall in den Kinos liefen, die die Leute zum Lachen, Pfeifen und Grölen brachten; die Bewegungen des Affen waren für sie nur ein Ventil, um unterdrückte und verborgene Gefühle zum Ausbruch kommen zu lassen. Plötzlich gab es eine Explosion. Sie erschütterte die Straße, den Affen, den Affenbesitzer, das Publikum und Farah. Die Leute zeigten weder Angst noch Sorge. Einige schauten nach oben zum Himmel, aber die meisten taten nicht einmal das, sondern begafften mit großem Interesse den Affen. Farah fragte einen Mann mit einem amputierten Arm, der halb Bettler, halb Kaugummiverkäufer war:

«Was ist passiert?«

»Das waren israelische Flugzeuge.«

»Bombardieren sie?«

»Nein, ich weiß nicht. Die Leute sagen, daß sie nur knallen.«

* Stadtzentrum von Beirut.

Zwei Explosionen nacheinander; aber das Publikum schaute nicht in den Himmel, sondern feuerte begeistert den Affen zum Tanzen an. Sie haben die Schallgrenze durchbrochen, dachte Farah, und wollen damit ihre Anwesenheit und Angriffsbereitschaft demonstrieren. Und niemand hat sich dafür interessiert. – Nur der Affe bedeckte seine Augen mit den Händen und ließ sich zitternd auf den Boden fallen. Er widersetzte sich den Befehlen seines Meisters. Als dieser ihn mit dem Stock schlug, hielt er die Hände nur fester vors Gesicht und vergrub es schließlich im Boden, kehrte dem Publikum das Hinterteil zu und weinte traurig und leise. Die Menschen lachten laut. Farah sagte:

»Ihr seid verrückt, ihr seid verrückt!«

Er bedeckte sein Gesicht mit den Händen, und ihm wurde schwindelig. Er erinnerte sich an das, was geschehen war, als die Flugzeuge vor einem Jahr über Damaskus kreisten. Die Stimmen des Publikums wurden lauter und feuerten den Affen zum Tanzen an. Die Brände in Damaskus brannten in Farahs Kopf. Die Leichen lagen überall herum; es roch nach verbranntem Menschenfleisch, und zerberstende Häuserwände krachten. Farah stand auf dem Bürgersteig, und es überkam ihn ein bitteres Gefühl, als müsse er erbrechen und weinen.

Ach, ich bin allein und habe mich verlaufen!

Er tastete nach dem Empfehlungsschreiben seines Vaters an Nischan. Bis jetzt hatte er ihn noch nicht erreichen können: Ich laufe ziellos in Beirut herum, in meiner Tasche ein Empfehlungsschreiben an Nischan. Er ist mein Verwandter, aber ich habe ihn seit meiner Kindheit nicht gesehen; seitdem er nach Beirut ging und dort Erfolg hatte, wurde er das Vorbild für alle jungen Männer in unserem Dorf Douma. Ich würde ihn sofort erkennen, weil sein Bild in jeder Zeitschrift unter der Rubrik ›Star der Gesellschaft‹ zu sehen war. Wie er lächelt, wie er spricht und seine Hände dazu bewegt, wie er mit einer jungen Frau mit nacktem Rücken tanzt, wie er ein Glas Whisky elegant in der Hand hält. Alle diese Bilder rochen angenehm nach Parfüm und nach Geld. Ja, das Geld, der Ruhm, die Frauen, die Ehre ...

Farah hatte jedoch nicht gewußt, wie schwierig es sein sollte, sich mit einem Geschäftsmann wie Nischan zu treffen. Der war Vorstandsvorsitzender der Firma Nenisko für Public Relations und Direktor einer Firma für eine berühmte Schuhmarke und eine neue Zahnpasta. Außerdem war er Agent für großangelegte Waffengeschäfte. Es versteht sich, daß er nicht nur Panzer verkaufte, sondern auch kommerzielle, erfolgreiche Filme produzierte und junge Künstlertalente förderte. Letztes Jahr war ein Sänger berühmt geworden, den er einst gefördert hatte. Eine Zeitschrift, von der er zahlreiche Aktien besaß, machte die Werbung für diesen Sänger, und das, obwohl der Kulturredakteur zurückgetreten war.

Ich wollte Nischan anrufen. Ich warf das Geldstück in der Telefonzelle ein und wählte die Nummer. Das Geldstück verschwand, ohne daß ich eine Verbindung bekam. Der Telefonanschluß war nicht defekt, nur mein Glück war defekt. Ich machte mir Vorwürfe wegen meines Pessimismus und ging zu dem ersten besten Sandwich-Laden. Der Verkäufer sah mich verächtlich an und erlaubte mir nicht, sein Telefon zu benutzen. Etwas in meinem Gesicht veranlaßt die Menschen, mich zu unterdrücken, etwas an mir veranlaßt die starken Männer, ihre Macht an mir auszulassen, wie zum Beispiel mein Vater, dieser starke Mann aus dem Dorf. Immer spielte er mit meinem Schicksal. Er warf meine Bücher ins Feuer, in dem er auch das Unkraut von seinem Feld verbrannte. Er schrie mich an: »Du mußt arbeiten wie Nischan und nicht dein ganzes Leben mit Denken und Wunschvorstellungen verbringen!« Und wenn ich draußen unter den Bäumen sang, brüllte mein Vater: »Diese Stimme könntest du in ein Vermögen verwandeln. Ich werde dich meinem Vetter Nischan übergeben, damit er dich in eine passende Form gießt, eine Form aus Gold.« – Gold! Gold! Ich liebe das Gold und das Geld. Geld bedeutet Freiheit. Geld bedeutet

Zeit. Geld bedeutet, sich Bücher und Schallplatten zu kaufen, zu reisen und sich nicht mehr vor Herrn Adel, dem Direktor der Nationalbibliothek, wo ich früher gearbeitet habe, beugen zu müssen. Geld bedeutet schöne Frauen mit feinen Händen und langen, lackierten Nägeln. Geld! Aber wo ist Nischan? Endlich antwortete sein Telefon. Eine Frau sprach mit mir auf französisch. Ich verstand nichts. Beim sechsten Mal flehte ich sie an, mit mir arabisch zu reden. Sie legte den Hörer auf.

Was für eine Härte! Es gab hier eine Atmosphäre der Härte. Er fühlte sie, wenn er sich in dieser merkwürdigen Stadt bewegte. Er hörte ständig das Echo eines anhaltenden Weinens, das von allen Seiten der Stadt auf ihn eindrang. Seit der ersten Nacht in Beirut verfolgte ihn ein unbestimmtes Schluchzen, das sich auf seine Brust legte. Er spürte es, wie das Radar Dinge aufspürt, die unsere Sinne normalerweise nicht bemerken. Aus einem Grund, den er nicht kannte, besaß er die Sensibilität, Hilferufe wahrzunehmen, vielleicht, weil er selbst ständig um Hilfe rief, vielleicht auch, weil er ahnte, daß er ein Schiff war, das sicherlich versinken würde, so wie jeder Mensch irgendwann einmal versinkt. Aber nur wenige ahnen das.

Das Geld, der Ruhm, die Frauen: Drogen, die er einmal probieren würde, um sein Versinken zu vergessen. Obwohl er von ihrer Wirkung nicht überzeugt war, würde er sie probieren, auch wenn er dafür einen Pakt mit dem Teufel schließen müßte.

Das Al-Assal-Hotel am El-Bourg-Platz hatte nichts mit Honig zu tun. Obwohl es »Honig-Hotel« hieß, war es nur von Bitterkeit erfüllt. Sie rieselte von den verfaulten, schmutzigen Wänden, stieg aus dem Knarren der hölzernen, alten Treppe und sprach aus den Augen der heruntergekommenen Frauen, die sich wie Gespenster einer historischen Schlacht bewegten und sich in die Zimmer der armen, ermüdeten Männer, so wie er einer war, schlichen. Es stank überall penetrant nach Wanzen.

Am frühen Morgen weckte ihn ein lauter Hilferuf. Das Geschrei war durchdringend und schrill, und in den ersten

Spuren der Morgendämmerung und der Stille der Nacht kam es ihm vor, als verdeckte es das Gesicht der Welt.

Ich sprang zum Fenster, um es zu öffnen, aber das war zwecklos, denn es war alt und verrostet. Hinter dem halbzerbrochenen Fensterglas sah ich nichts. Aber das Schreien wurde lauter, anhaltender und stärker, wie die Stimme eines gequälten Menschen. Es war nicht das Schreien einer Frau oder eines Mannes, sondern das Schreien eines Herzens, das sich quälte, als wäre es das Herz der ganzen Stadt. Ich rannte in den Salon und stolperte über die alten, schäbigen Möbel, dann zur Terrasse: Ich sah niemanden und nichts, hörte die Stimme aber immer noch. Ich lief zu dem Hotelangestellten und weckte ihn. Er sah mich zittern und meinte wütend: »Es scheint mir, Sie sind hier fremd. Das kann jeder Zeit passieren. Wissen Sie nicht, daß die Al-Mutanabi-Straße die Puff-Straße ist? Sie liegt hinter dem Märtyrerplatz und hinter unserem Hotel. Und im Moment höre ich gar nichts.«

Ich ging wieder auf mein Zimmer und versuchte zu schlafen. Das Kopfkissen roch nach Wanzen. Ich schlief ein und träumte. Ich träumte zwischen Schlafen und Wachen von einem Kreuz, das aus verrosteten Wasserrohren bestand. Ich war mit Mäuseschwänzen daran befestigt. Um mich herum brannte Feuer. Eine Frau lachte und sagte: »Das ist das Kreuzfest!« Ich erstickte beinahe, der Rauch erstickte mich. Ich fiel herunter, und in meine Augen stach die Beleuchtung des Kinos von nebenan, die mich wie mit Rasierklingen verletzte. Der Name des Films stand auf einem langen, nackten Bein: O du Verhätschelte. Ich erstickte am Rauch, und die Glut des Feuers brannte in meinen Augen.

Ich wachte erschrocken auf. Es brannte in dem alten Hotel, und überall gab es Geschrei. Ich lief weg wie ein Verrückter, rettete mich auf den Bürgersteig, und dann war mir alles gleichgültig.

Er wußte nicht mehr, wie lange er ziellos durch die Al-Hamra-Straße und andere Nebenstraßen gelaufen war. Aber er sah den Affenbesitzer auf dem Bürgersteig: Er schlief mit seinem Affen im Arm. Farah schauderte: Was für eine wahnsinnige Beziehung die Menschen verbindet, die um ihr tägliches Brot kämpfen müssen, auch wenn einer von ihnen ein Affe ist. Er dachte wieder an Nischan.

Nachdem das Telefonieren und die französische Sekretärin mich hatten verzweifeln lassen, ging ich zu ihm. Ich stand vor einem großen Gebäude, in das Autos hineinfuhren. Mehrere Tage lang wartete ich vor der Tür, aber ich sah ihn nicht. Der Pförtner ließ mich nicht hinein und beobachtete mich wie ein Wachhund. Mein Koffer lag immer noch verschlossen im Hotel; ich hatte ihn noch nicht geöffnet, wagte nicht, meine Sachen herauszunehmen; warum, weiß ich nicht. Schließlich gelang es mir, den Pförtner zu umgehen und an ihm vorbeizuschlüpfen. Ich ging zwischen vier Aufzügen verloren, die ihre eisernen Türen sofort schlossen, wenn ich nicht schnell genug war.

Endlich las ich an einer Tür: Ninesco – Firma für Public Relations. Eine junge Frau mit einer weißen Brille, die sich nach jedem Wort gereizt die Lippen leckte, sagte mir: »Nischan ist in Europa. Kommen Sie in ein paar Tagen wieder und bringen Sie den Brief mit. Wie heißt der, der Ihnen das Empfehlungsschreiben gab?«

»Abu Aschur aus dem Dorf Douma.«

»Na gut«, meinte sie verächtlich.

Die Blicke dieser Frau verfolgten ihn. Er glaubte, ganz Beirut schaue ihn an, und ständig hämmerte die Stimme des Hotelangestellten auf ihn ein: »Hast du einen Qirsch?* Dann bist du einen Qirsch wert.« Sein Geld ging langsam zur Neige. Dann würde er in dieser Stadt wertlos sein.

Er schaute um sich. Die Autos rasten wie verrückt, die leuchtenden Fenster starrten ihn gleichgültig an: Es gab Hunderte von Häusern, Hunderte von Fenstern, Tausende von Gesichtern hinter den Fenstern. All dies Leben, das sich dort abspielte, all die Wärme streifte sein Gesicht und die vertrauten Sorgen. Er war allein, niemand interessierte sich für ihn, als sei diese vollgestopfte Stadt nur dazu errichtet, Menschen, die allein waren, zu quälen.

* Kleinste Einheit der libanesischen Währung.

Er würde das erste Restaurant betreten und sich etwas Gutes zu essen bestellen, auch wenn ihm dadurch das Geld ausgehen sollte. Er liebte feines Essen, und in dieser Stadt konnten sie es besonders gut zubereiten. Natürlich bekam er anschließend immer Schwierigkeiten mit seiner Verdauung, aber er konnte einfach nicht widerstehen. Er betrat das Boubai-Restaurant. Er mochte die Pizza, die er in dieser Stadt neu entdeckt hatte, und wartete ungeduldig auf das Essen. Ihm gegenüber saßen zwei Verliebte, die er, über seine Zeitung lugend, betrachtete.

Wie alle Menschen, die allein im Restaurant sitzen, tat ich so, als wenn ich in meine Zeitung vertieft wäre, beobachtete aber heimlich die Glücklichen. Die beiden kamen sich beim Erzählen mit ihren Gesichtern so nahe, als wollten sie den Atemzug des anderen trinken. Wie schön und wie hart, die Verliebten zu sehen! Noch nie habe ich mit einer Frau so zusammengesessen, im schummrigen Licht Wein getrunken und unter dem Tisch meine Hand auf ihren Schenkel gelegt; noch nie mit ihr gezittert und geträumt, von all dem Vergnügen, das wir miteinander erleben könnten.

Der Kellner kam mit dem Essen für die beiden Liebenden. Sie unterbrachen ihre Zärtlichkeiten, und jeder war mit seiner Mahlzeit beschäftigt, als säße er allein am Tisch. Farah war enttäuscht, beobachtete die beiden nicht mehr und kümmerte sich um seinen vollen Teller. Er nahm die Ketchup-Flasche, schüttelte sie ein bißchen und konnte sie nur mit Mühe öffnen. Dann aber schoß der Inhalt hervor wie nach einer Explosion und bespritzte Kleidung, Gesicht und Hände. Farah sah sich bestürzt um und bekam schreckliche Angst, als er sich mit etwas bedeckt sah, das rot wie Blut war. Wie ein Mensch, der gerade umgebracht wird, schoß es ihm durch den Kopf, dessen Blut noch warm ist und ihn bedeckt wie das eines Opfertiers, das noch nicht ausgeblutet hat. Er entsann sich der Nacht seiner Ankunft im Libanon, des Kreuzfestes und des Weinens der geheimnisvollen Stimme am frühen Morgen. Jetzt sah er das Blut, und sein Herz quoll über vor Kummer. Fluchtartig verließ er das Restaurant, ohne den Kellner zu bemerken, der gerade mit einem feuchten Tuch kam und sich entschuldigen wollte.

Wieder irrte er ziellos durch die Nacht.

Ach, ich habe mich verlaufen und bin allein.

Als er beim Hotel Al-Assal ankam, überraschte ihn ein kleiner Stand mit bunten Fischen. Man verkaufte mit Wasser gefüllte Plastiktüten, in denen kleine Fische schwammen. Durch das Licht, das von hinten kam, entstand der Eindruck, sie schwämmen im Licht und schwebten in der Zeit. Sie waren Gefangene in einem durchsichtigen Behälter, für immer.

Ich bin traurig, allein und der Gefangene eines unbekannten Schicksals.

Farah stand vor den Fischen und beobachtete, wie sie hastig und verwirrt mit den Köpfen gegen die Wände ihres durchsichtigen Gefängnisses stießen. Ein Fisch stieß ständig gegen die Plastiktüte, vergeblich nach einer Öffnung suchend, durch die er ins Meer hätte entkommen können. Er hatte jedoch keine Chance, es gab keinen Ausweg.

Ein Lottoverkäufer belagerte ihn und wollte ihm einen Schein verkaufen. Farah hatte kein Glück, kaufte aber dennoch einen Lottoschein.

Als Abu Mustafa aus dem Schlaf erwachte, war es draußen dunkel.

Es ist Zeit, zur Arbeit zu gehen, dachte er. Ich arbeite im Dunkeln wie die Einbrecher.

Langsam kroch er aus dem Bett und bemerkte, daß die Füllung des Kopfkissens langsam aus dem mürbe gewordenen Stoff herausquoll. Er hustete heftig und spürte seine schwachen Glieder, die kaum in der Lage waren, seinen Körper zu tragen. Als er sich jedoch der Zauberlampe erinnerte, verspürte er Kräfte, von denen er vorher nichts geahnt hatte. Der Gedanke, sie zu finden, erfüllte ihn mit Energie, Eifer und Sehnsucht, und er beeilte sich, zum Meer zu kommen.

Die Zauberlampe! Seit dreißig Jahren ging er fischen, Nacht für Nacht, ohne Ausnahme. Seit dreißig Jahren träumte er davon, daß die Lampe in seinem Netz hing und er sie aus dem Meer zog. Die Lampe würde alt und verrostet sein, aber er würde sie erkennen. Er würde sie dreimal reiben, und der Geist würde in einer Rauchsäule vor ihm erscheinen, erhaben wie die Nacht. Dann würde der Geist vor ihm niederknien und sagen:

»Hokuspokus, dein Sklave steht dir zu Diensten.«

Abu Mustafa wird ihn dann bitten, seine kleinen Wünsche zu erfüllen: ein sauberes Haus und ein vernünftiges Einkommen, das für seine Kinder und die Behandlung seiner Lungen ausreichen würde. Er wird den Geist neidisch ansehen, nach dessen Namen fragen und, falls er den Mut dazu aufbrächte, sagen:

»Warum kannst du mir all diese Dinge verschaffen und ich kann es nicht?«

Die Schwierigkeiten des Lebens hatten sich reichlich über Abu Mustafa ergossen; er spürte, daß er schrumpfte, kleiner wurde und langsam verwelkte wie der Geist, der in der bauchigen Lampe gefangen saß. Allein dieser Traum von dem Geist aus der Zauberlampe half ihm weiterzuleben. Er war sein Geheimnis, das er keinem Menschen anvertraute, nicht einmal seinem Sohn Mustafa. Daher lachten die Kameraden über seine Angewohnheit, den Fang Fisch für Fisch durchzuzählen, wenn sie die Netze einholten, wußten sie doch nicht, daß er nicht die Fische zählte, sondern nach der Zauberlampe suchte.

Irgendwo im Al-Ousai-Viertel, direkt an der Küste von Beirut, zwängten sich nicht asphaltierte, enge Straßen zwischen den Häusern hindurch, aus denen der Geruch von Jasmin, Weihrauch und Pfeifentabak drang. Der Fischer Abu Mustafa ging schweigend seinen Weg zum Meer. Sein ältester Sohn Mustafa folgte ihm. Die Straße wurde enger und dunkler. Abu Mustafa kannte den Weg, den er dreißig Jahre lang gegangen war, gut, so gut, daß er ihn sogar mit geschlossenen Augen hätte finden können. Diesmal schaltete er jedoch die Taschenlampe ein, denn sein Sohn Mustafa begleitete ihn zum erstenmal zum Meer. Er hörte, wie er immer wieder stolperte, obwohl sich ein kleiner Lichtkegel auf dem Boden abzeichnete. Mustafa suchte nach einem festen Tritt und heftete seine Blicke an den sich bewegenden, leuchtenden Kegel. Er spürte deutlich, daß er in eine andere Welt eintrat und folgte seinem Vater schweigend auf dem Weg, der so schmal war, daß zwei Männer nicht nebeneinander hergehen konnten. Sie gelangten zu einem Platz mit einem hölzernen, abgesplitterten Schild, das besagte, daß man vor dem »Café der Nacht« stand. Das Café besaß keinen festen Boden, hatte die Ausmaße eines mittelgroßen Zimmers und wurde von einer Öllampe erleuchtet. In einer Ecke befand sich ein verrostetes Bett, auf dem sich der Besitzer des Cafés ausgestreckt hatte. Die Einrichtung bestand aus mehreren alten Stühlen und einem Tisch mit einem Tonkrug für Wasser. Einige kräftige Männer waren hier versammelt, deren starke, muskulöse Arme von Sonne und Wind gebräunt waren; im Schatten des Cafés erschienen sie wie kupferne Äste. Mustafa bemerkte, daß sich darunter junge Männer befanden, die etwa in seinem Alter waren, deren jugendliche Gesichter unter der Schwere des Lebens jedoch eine traurige Härte bekommen hatten, die ihrem Alter nicht entsprach. Einige begrüßten den Vater und beobachteten Mustafa mit freundlicher Neugier. Abu Mustafa zeigte mit der Hand, an der ein paar Finger fehlten, auf seinen Sohn. Mit Stolz und Trauer sagte er:

»Das ist mein Sohn Mustafa. Dieses Jahr würde er Abitur machen, aber er wird die Schule verlassen und diesen Beruf erlernen, denn ich bin müde geworden. Er kommt anstelle seines verstorbenen Bruders Ali.«

Dann hustete, keuchte und spuckte er im Dunkeln, und Mustafa hatte die Vorstellung, er sähe Blutflecken. Keiner der Anwesenden sagte etwas; hier wurde wenig gesprochen. Mustafa erinnerte sich an eine Diskussion zwischen vier

Lehrern, die zwei Stunden gedauert hatte. Drei Männer begleiteten ihn und seinen Vater zum Strand. Sie gingen auf einem sandigen, steilen und gewundenen Weg bis zu einem kleinen Boot. Um das Boot zu besteigen, mußten sie ein paar Schritte durch das Wasser waten. Mustafa versuchte, seine Hosenbeine hochzukrempeln, damit sie nicht naß wurden, merkte jedoch, daß niemand so etwas tat, und ging daher auch einfach ins Wasser; er spürte dessen stechende Kälte.

Der Herbst näherte sich. Statt in die Schule zu gehen, muß ich jetzt die wilde Welt meines Vaters betreten. Der Herbst meines Lebens beginnt, ohne daß ich den Frühling erlebt habe. So sind wir, wir leben heimlich, wir lernen heimlich, wir lesen die Bücher heimlich, wir lieben heimlich, wir schreiben die Gedichte heimlich, wir sterben heimlich.

Alle setzten sich in der Dunkelheit schnell, diszipliniert und leise ins Boot.

Genau wie in den Abenteuerfilmen, die ich heimlich im Kino gesehen habe!

Mustafa wollte etwas sagen, er wollte etwas über das Stechen des Meerwassers sagen, das seine Hose bis zu den Knien durchnäßt hatte; aber der Klang der Ruderschläge ließ ihn schweigen. Es war ein aufregendes Lied.

Das langsame Sichentfernen des Bootes vom Strand, das Ersterben der Stimmen und Geräusche sowie das allmähliche Verschwinden der Häuser und Straßen verstärkten seine Erregung. Es war das erste Mal, daß Mustafa auf das Meer hinausfuhr, hatte der Vater doch bei seiner Geburt geschworen, ihn nie mit auf das Meer zu nehmen, nicht einmal zu einem Ausflug. Er wollte ihm sein Elend und sein Schicksal ersparen, ein besseres Leben für ihn suchen und ihn in die Schule schicken. Und jetzt brach Abu Mustafa zusammen. Die Pfändung seines Bootes »Zauberlampe«, die Münder, die sich dreimal täglich öffneten und nach Futter verlangten, die Teuerung, der Wucherer, die ganze Härte, das ganze Elend und schließlich die Krankheit hatten ihn überwältigt. Früher hatte sein Sohn Ali ihm geholfen. Aber nach dessen Tod blieb ihm nichts anderes übrig, als seinen ältesten Sohn Mustafa mitzunehmen. Nach einigen Minuten konnte Mustafa das Licht im »Café der Nacht« nicht mehr erkennen. Das Hupen der Autos und die Lieder aus den Transistorradios hatten sich entfernt, klangen nur noch wie ein Flüstern, so daß sie durch die Ruderschläge kaum mehr vernehmbar waren. Plötzlich hörte einer von ihnen auf zu rudern, und als Mustafa sich nach ihm umdrehte, merkte er, daß sie sich einem Kutter näherten. Im Lichtschein der zitternden Öllampe las er unter Schwierigkeiten den verwaschenen Namen »Zauberlampe«. Sie stiegen in den Kutter und machten das Ruderboot an ihm fest. Sie stellten den Motor an und fuhren auf das offene Meer hinaus.

Das Motorgeräusch und der Gestank der Dieselabgase durchbrachen die Stille und die Würde des Meeres. Mustafa erwachte aus seiner poetischen Welt und kehrte aus Korallenbuchten und türkisfarbenen Himmeln in die Wirklichkeit zurück. Auf den Geräuschen der Ruderschläge und dem schönen Klang des wogenden Meeres war er dorthin geflogen. Nun stieß er auf das wirkliche Meer, auf das harte Meer von Beirut.

Es war ein Meer der Minen und Kriege zwischen den Menschen untereinander und gegen die anderen Lebewesen, die man töten mußte, um zu überleben.

Die Zeit der Bücher, die ich aus öffentlichen Bibliotheken und von Freunden geliehen habe, ist vorbei. Leb wohl, du Zeit des Gedichteschreibens, denn wie kann die Tinte diesem Meer standhalten?

Mustafa fragte seinen Vater:

»Wann beginnen wir mit dem Fischen?«

»Wir werfen die Netze aus. Die Lichter der Öllampen ziehen die Fische an wie die Falter. Sieh mal!«

Mustafa beugte sich über die Reling und sah viele kleine Fische, die um das Licht herum fröhlich den Totentanz tanzten.

»Jetzt werfen wir die Netze aus. Aber das richtige Fischen beginnt erst, wenn der Mond in der Morgendämmerung verschwindet.«

»Warum?«

»Weil das Mondlicht die Wirkung der Lampen stört und dadurch nur wenige Fische in die Netze kommen.«

Mustafa dachte: Was für eine primitive Methode zu fischen! Wir müssen uns etwas Neues ausdenken.

Sein Vater fuhr fort, als wisse er, was sich in dem Kopf seines Sohnes abspielte:

»Wir haben verschiedene Methoden zu fischen, je nach der Jahreszeit, aber alle sind noch primitiv. Es gibt Angeln, Reusen, Netze und manchmal Dynamit, das auch unsere Finger zerfrißt. Alles ist gegen uns, das Meer und der Staat.«

Trotz der Traurigkeit seines Vaters wurde Mustafas Stimmung poetisch. Er beschloß, ein Gedicht zu schreiben, in dem er sagen würde: »Dieser Mond, der von Astronauten erobert wurde, hat noch immer seine legendäre Wirkung auf die Fische und die Verliebten. Und jetzt scheint er oben im Herzen der Nacht als Beschützer der Fische des Meeres. Er schützt sie vor den Intrigen der Fischer und ihrer Reusen.«

Aber stand er nun auf der Seite der Fischer oder auf der Seite der Fische? Er hatte vergessen, daß er Fischer werden sollte und daß Nachrufe auf die Fische ganz und gar unangebracht waren. Ein Stück Brot ist das wichtigste. Nein, wenn er wieder zurück an Land wäre, dann würde er andere, noch bessere Dinge erzählen. Jetzt fühlte er sich plötzlich seekrank; vielleicht war ihm auch von dem Gestank des Diesels übel geworden.

Ich tauge nicht zum Fischer. Ich bin ein seekranker Dichter. Selbst an Land bin ich seekrank.

Der Vater schaltete den Motor ab. Sie mußten noch über eine Stunde warten, ehe sie die Netze einholen konnten. Sie warteten auf den Untergang des Mondes, des Schutzengels der Fische.

Der Motor der »Zauberlampe« schwieg. Die Promenade am Ufer lag im Schweigen. Beirut hatte sich in einen fernen Flecken verstreuter Lichter verwandelt. Mustafa legte sich auf den Rücken, und der Himmel kam ihm näher. Am Himmel gab es ein paar Sterne und den Mond in der Mitte. Der Mond war für ihn immer noch der Mond, er war bezaubernd und durchscheinend. Über das Meer goß er die ewige Farbe silberner Schatten, die vom Flüstern der Geschichte und den Geschehnissen der Jahrhunderte erfüllt waren.

Als ich erfuhr, daß der Mond kein Stern aus Silber, Elfenbein und Duft ist, sondern ein erloschener Planet wie unsere Erde – aus Staub, Steinen und Felsen –, hat das meiner Liebe zu ihm keinen Abbruch getan. Warum hätte es ihr auch Abbruch tun sollen? Meine Liebe zu Hamida änderte sich ja auch nicht, als ich erfuhr, daß sie Würmer hatte. Im Innern ihres schönen Körpers lebte eine Sippe von häßlichen Lebewesen. Die Phantasie muß nicht unbedingt im Widerspruch zur Wahrheit stehen, manchmal ist sie die andere Seite der Wahrheit.

Obwohl das Boot sich nicht mehr bewegte, war ihm immer noch übel. Sein Vater sagte:

»Steh auf und hilf uns, die Netze auszuwerfen! Die Arbeit und die Bewegung helfen, die Übelkeit zu mildern.«

Er stand auf, ging ein paar Schritte und fiel dann auf die Netze. Er ließ sein Gesicht in den Netzen versinken. Sie rochen nach Salz. Durch die Netze hörte er die Stimmen all der Wellen, die je mit diesen Netzen gespielt hatten. Sein Kopf füllte sich mit einem feuchten, ranzigen Geruch, der sich mit dem Geruch von Seetang vermischte. Vor seinem Gesicht tanzten die Fische, die einst den Totentanz in diesen Netzen tanzten und vergeblich versuchten, durch die engen Maschen zurück ins Meer, in die Freiheit, ins Leben zu gelangen. Trotz der Seekrankheit verzauberte ihn das Geräusch der Wellen und fesselte ihn. Er genoß die Brise der Nacht, die voller Eingebungen war und die halbvergessene, verborgene Erinnerungen in ihm wachrief.

Ist es nicht so, daß unser Verstand blind ist vor dem Geheimnis des Daseins? Aber er ist ein Radargerät, er warnt uns vor unbekannten, existentiellen Zeichen.

Mustafa spürte das Existentielle, das elementar Lebendige in dem Brausen der Wellen und des Windes, in dem Geruch der Netze und dem salzigen Geschmack der Korken auf seinen Lippen, in den Geschichten, die vom Blut der amputierten Finger der Fischer befleckt waren, und in den Spuren der sich verzweifelt wehrenden Fischmäuler an den dünnen Seilen: sie alle sangen das Lied vom Lebenskampf. Es war ein trauriges, ewiges, verwirrendes Lied voller Gewalt, Wildheit und Wärme.

Sein Vater rief ihn:

»Steh auf und arbeite mit uns, dann hört die Übelkeit auf. Krempel die Ärmel hoch!«

Seine poetische Stimmung ließ ihn jedoch nicht los. Gern wollte er ein neues Gedicht schreiben:

Ich bin auf dem Meer,
auf dem Meer des Odysseus und des Sindbad;
auf dem Meer der Piraten und Legenden;
auf dem Meer von Atlantis und der
in der Tiefe begrabenen verzauberten Städte;
auf dem Meer der Schatztruhen
mit verrosteten Schlössern,
voller Korallen, Gold und Perlen,
seit Jahrhunderten in der Tiefe ruhend;
auf dem Meer der echten Schriften aus Papyrus;
auf dem Meer der Phönizier
und der Überraschungen und Entdeckerlust;
auf dem Meer des Columbus;
auf dem Meer der Alten und der Neuen Welt;
auf dem Meer des Lebens und des Todes,
des Unbekannten und Verborgenen;
auf dem Meer des Kampfes und des Sturmes,
der die Segel mit Regen überschüttet,
dem Wasserfall des Schicksals
für die Boote hungriger Männer.
Dieses große Meer vergaßen wir in Beirut.

Es machte ihn traurig, daß das Meer in den Köpfen der Menschen Beiruts zu einem Gemälde geworden war, das in den Fenstern der Strandlokale hing. Es war nur noch eine Erweiterung des grauen Asphalts. Im Gedächtnis der Menschen verkam es zur Werbeanzeige: Touristenschiff erster Klasse mit Schwimmbad, Bar und halbnackten Frauen; es wurde zu einem Fisch, der aufgebahrt in einem Ofen liegt.

Wir vergaßen das Meer, diesen Gott der Alten Welt, mit seinen wunderbaren, schönen Lebewesen. Aber es ist noch immer so, wie es einmal war, es schweigt seit Ewigkeiten. Es hat eine verborgene Sprache, einen verborgenen Zorn, einen verborgenen Fluch und ein verborgenes Symbol.

Jemand fragte Mustafa:

»Wie spät ist es?«

Es überraschte ihn, daß hier jemand nach der Uhrzeit oder überhaupt nach irgend etwas fragte.

Ich befinde mich jenseits von Ort und Zeit, auf das Netz geworfen. Ich reite auf den Netzen wie auf einer Rakete, die mit mir durch die Zeiten, durch die Ozeane fliegt und mich Zeichen empfangen läßt, die mehr als eine Epoche, eine Generation oder einen Ort umfassen.

Wieder fragte ihn jemand, diesmal mit Nachdruck:

»Wie spät ist es, Mustafa?«

Aber es gibt keine Zeit, keine Epoche, keinen Planeten. Dieses Panorama war lange vor dieser Zeit oder tausend Jahre danach. So sind Meer und Himmel gewesen, und so werden sie bleiben. Dasselbe Lied, dieselbe Zeit.

Plötzlich wurde seine Vision vom Lärm eines Flugzeugs, das von weit herkam, zerrissen. Es näherte sich rasch und flog in geringer Höhe, so daß das Motorengeräusch schnell lauter und seine Lichter sichtbar wurden. Mustafa kehrte zu sich zurück und sammelte die Reste seines universalen Traumes ein. Mit trauriger Stimme sagte er:

»Wir haben fast ein Uhr.«

Ein Mann bemerkte:

»Es ist noch zu früh, die Netze einzuholen.«

Er setzte sich, nahm die Angel und versuchte sein Glück. Ein anderer zog sich aus und meinte:

»Ich geh noch etwas schwimmen.«

Er hielt das Wasser für warm und schwamm in der Nähe des Schiffes an der Seite entlang, wo die Öllampe hing. Um das Licht herum hatten sich Tausende kleiner Fische versammelt. Mustafa betrachtete ihn und die Fische, die um ihn herum schwammen, und dachte: Wo ist der Unterschied? Er ist nur ein weiterer Fisch in diesem großen, ewigen Meer.

Die kleinen Fische umkreisten den Mann, und Mustafa sah, wie sie über dessen Körper glitten: Er ist einer von ihnen, nur ein weiterer Fisch im ewigen Meer.

Mustafa hörte ein Stöhnen. Der Mann mit der Angel hatte einen Fisch gefangen. Er zog ihn aus dem Wasser, entfernte den Haken und nahm ihn in die Hand. Im Licht der Öllampe sah Mustafa, wie der Fisch vergeblich nach Luft schnappte, als ob er etwas sagen wollte. Der Mann warf den Fisch in die Kiste. Mustafa hörte den Fisch stöhnen. Er war ganz sicher, daß er ihn stöhnen hörte. Er versank in einer tiefen Trauer, als habe er das Sterben eines Menschen beobachet. Den müden Fischern konnte man nicht ansehen, ob sie etwas bemerkten oder hörten.

Was ist das für ein Verbrechen! Ich werde nicht als Fischer arbeiten. Für das Meer und den Dichter gibt es keinen Unterschied zwischen dem Tod eines Fisches und dem eines Menschen. Beide sind Lebewesen, die nicht mehr leben. Ab heute kann ich keinen Fisch mehr essen, und wenn meine Mutter darauf beharrt, daß der Fisch noch frisch ist, werde ich ihr antworten: »Du meinst, er ist frisch getötet worden, und das Verbrechen ist noch warm.« Und wenn mein reicher Freund mich ins Restaurant einlädt und mich auffordert, die Speisekarte zu studieren, damit ich weiß, wie viele Fischarten es hier zu essen gibt, dann werde ich sie lesen, als ob ich eine Liste von Toten und Ermordeten aus den Polizeiberichten der Zeitung vor mir habe.

Plötzlich explodierte eine Dynamitladung. Im Licht der Öllampe sah Mustafa viele tote Fische, die von einem Boot aus eingesammelt wurden. Das Boot kam dicht an ihr Schiff heran, und Abu Mustafa schrie die Männer im Boot an:

»Fischen mit Dynamit ist verboten! Ihr tötet auch die kleinen Fische, und im nächsten Jahr haben wir keinen Fang.«

Aus dem Boot kam eine wütende Antwort:

»Es ist immer nur für uns verboten, aber nicht für die anderen, die Beziehungen haben. Wir wollen essen, die Kinder hungern, die Netze sind zerfetzt, der Preis für Dieselöl steigt. Die Welt hat sich verändert, Abu Mustafa!«

Abu Mustafa antwortete mit gebrochener Stimme:

»Du hast ja recht.«

Sie sammelten schnell die ermordeten Fische ein und packten sie in das Boot. Ein paar Fische warfen sie auf die »Zauberlampe«, als Geschenk für die Leute dort.

Die Leute glauben, Töten sei nur dann ein Verbrechen, wenn ein Mensch umgebracht wird. Wir sind noch nicht so weit Mensch geworden, daß der Tod eines jeden Lebewesens ein Verbrechen ist. Ich sehne mich nach der indischen und asiatischen Philosophie, die das Töten eines jeden Lebewesens verbietet, und wenn es ein Moskito wäre. Unser wildes, menschliches Zeitalter braucht unbedingt die humane, vegetarische Idee Gandhis, der voller Liebe zu allen Lebenwesen war.

Abu Mustafa, in der Hand einen Fisch und ein Messer, ging zu seinem Sohn, der niedergeschlagen und zerstreut war. Der Fisch bewegte sich noch. Mit einem Schnitt schlitzte er die Innereien heraus, beugte sich über das Meer und wusch ihn gründlich aus. Dann legte er den Fisch auf den Motor, der noch heiß war, und sagte zu Mustafa:

»Er ist schnell gegrillt. Du wirst einen so frischen Fisch essen wie noch nie in deinem Leben.«

Gereizt fragte Mustafa:

»Warst du noch nie über den Tod eines Fisches traurig? Hast du noch nie einen Fisch zurück ins Meer geworfen, weil er so stöhnte?«

Der Vater erwiderte:

»Alles, was ich höre, ist das Stöhnen deiner zehn Geschwister, wenn sie Hunger haben.«

Mustafa fühlte sich beschämt und elend zugleich:

»Die Logik aller schönen Philosophien versagt vor dem Schreien eines hungrigen Kindes.«

Er war traurig, weil irgendein Gesetz aus dem Töten eine Notwendigkeit machte. Töte oder du wirst getötet! Der Stärkere frißt den Schwächeren. Das Leben bleibt für den Stärksten.

Der Vater zerschnitt den Fisch und grillte ihn auf dem Motor. Dann gab er seinem Sohn einen kleinen Fisch, den er in den Innereien des großen gefunden hatte, und sagte schlicht:

»Schau mal, dieser Fisch, über dessen Tod du so traurig bist, hat erst vor wenigen Minuten sein kleines Geschwisterchen verschluckt. Er hatte nicht einmal genug Zeit, es zu verdauen. So ist nun mal das Leben.«

Mustafa schwieg. Der Vater betrachtete ihn mit großer Trauer: Dieser Junge wird nie ein Fischer. Er ist verdorben, möchte Dichter werden. Er ist halb verrückt, er lebt in seinen Träumen und Einbildungen. Aber bin ich denn besser als er? Ich habe dreißig Jahre meines Lebens auf dem Meer verbracht. Immer habe ich versucht, den Geist in der Flasche und seine Lampe zu finden. Ich bin ein Fischer, der sich etwas vorgemacht hat. Ich wollte den gehorsamen, großen Geist fangen, der alle Wünsche erfüllen kann. Wenn Mustafa verrückt ist, dann hat er es von mir geerbt. Ich bin der Fischer der Zauberlampe.

Die Männer begannen, eines von diesen traurigen alten Fischerliedern zu singen:

Ein Lamm betet zu Gott.
Meine Nahrung macht nicht satt,
mein Jäger wird nicht reich,
mein Käufer kann nichts gewinnen.
Meine Schaluppe ist müde.

Alle Augen richteten sich auf den Monduntergang. Der Mond glänzte als gelbe Scheibe und versank langsam am Horizont. Mustafa stöhnte. Sein Vater dachte traurig: Er wird nie ein guter Fischer werden wie sein Bruder Ali. Er kann den Platz seines Bruders nicht einnehmen. Es war ein Fehler, daß ich ihn gezwungen habe, die Schule zu verlassen und mit mir zu kommen. Ich habe es vorschnell beschlossen, als ich im Taxi saß und von diesem Blutsauger von Wucherer zurückkam. Dieser verfluchte Wucherer! Bei ihm habe ich die »Zauberlampe« verpfändet. Seitdem wachsen die Zinsen wie die Dornen. Und Mustafa wird mir nicht helfen, wie ich es mir vorgestellt habe. Ali wurde, wie ich, für das Meer geboren; obwohl drei Jahre jünger als Mustafa, war sein Körper kräftiger. Das Entziffern der Schrift hatte ihn nicht verdorben, auch die Bücher nicht. Aber ein Fisch hat ihn getötet. Ich kann es bis heute nicht glauben, daß ein Fisch ihn töten konnte. Wenn ich daran denke, werde ich verrückt. Es war zu Beginn des Sommers. Wir fischten. Er hat zum erstenmal Dynamit ausprobiert. Es gelang ihm, und viele tote Fische schwammen auf dem Wasser. Glücklich sprang er ins Meer und warf einen Fisch nach dem anderen auf das Schiff. Weil er so glücklich war, hielt er in jeder Hand einen großen Fisch und zwischen den Zähnen einen dritten. Er schwamm zum Schiff, aber der Fisch in seinem Mund war noch nicht tot. Er bewegte sich und glitt in Alis Speiseröhre. Ali erstickte. Er erstickte tatsächlich; er starb. Wir trugen ihn als Leiche zu seiner Mutter. Ich versuchte, ihr zu sagen, daß unser Sohn gestorben war. Aber sie verstand das nicht. Sie war gerade dabei, unseren letzten Sohn auf die Welt zu bringen. Der Schweiß stand ihr auf der Stirn, und ihr Gesicht verzerrte sich vor Schmerzen. Sie schrie laut, damit das lebendige Kind herauskam. Der ganze Körper bebte. Ich schrie: »Um* Mustafa, Ali ist tot!« Aber sie konnte es in diesem Moment nicht begreifen. Unser neues Kind tat seinen ersten Schrei, als die Hebamme seine Nabelschnur durchschnitt. Um Mustafa sagte nach all den Mühen: »Wir nennen ihn Ali.«

* Mutter (von; es folgt der Name des ältesten Sohnes).

Der Mond war jetzt eine rote Scheibe geworden, ein Brotlaib mit Blut befleckt. Die Männer zogen die Netze ein. Ihre kräftigen Arme glänzten im Licht der Öllampe, und ihre Muskeln schwollen. Schweißtropfen perlten. Sie sangen Lieder zum Anfeuern. Mustafa spürte, daß diese Lieder ihnen halfen, ihre Bewegungen zu koordinieren, damit sich zwanzig Arme gleichzeitig bewegten. Vergeblich versuchte Mustafa, seine Seekrankheit zu überwinden, vergeblich versuchte er, den Männern zu helfen und mit ihnen zu singen. Er lag wie eine Leiche an der Seite des Schiffes. Nur sein Gehirn arbeitete trotz der Übelkeit. Die Fische bewegten sich im Netz und zitterten.

Jeder bewegt sich auf seine Art beim Überlebenskampf.

Sie zogen alle Netze ein, und ihre Gesichter, die vom Schweiß und vom Meerwasser gewaschen waren, leuchteten. Sie waren todmüde, ihre Finger bluteten von den schneidenden Seilen. Mustafa trauerte nicht nur um die Fische.

Der Kampf um das Leben quält mich. Der Fischer und der Fisch. Eigentlich ist der Tod der unbarmherzigste Fischer. In seinem Netz sind der Mörder und der Ermordete gleich.

Als Mustafa in dieser Nacht in seinem Bett lag, wurde er ohnmächtig vor Müdigkeit.

Am nächsten Tag fand er zu Hause nur Fisch zu essen. Er aß den Fisch und schrieb kein Gedicht.

Nicht weit entfernt vom Boot Abu Mustafas und den anderen Fischerbooten, die sich hin und her bewegten, gab es einen leuchtenden, stillen Punkt im Meer. Es war nicht die Öllampe eines Fischerbootes, das sich verirrt hatte, sondern das kräftige elektrische Licht der Jacht von Nimer Al-Sikini, dem Sohn von Farez Al-Sikini, dem großen Geschäftsmann, der das Monopol über den Fischverkauf und viele andere Dinge besaß.

Yasmina schlief diese Nacht nicht. Sie trank Whisky und lief nackt auf dem Boot herum. Sie liebte es, sich auszuziehen und auf der Jacht und in der Kabine nackt herumzulaufen. Das erfüllte sie mit einem angenehmen Gefühl der Freiheit. Anfangs war Nimer von dieser Angewohnheit begeistert. Er betrachtete ihren vollen, hellen Körper, wie er sich auf den Sandkissen bewegte; er legte eine Platte auf und trug Yasmina ins Bett; gelegentlich stolperte er dabei über den teuren Teppichboden.

Diese Nacht jedoch sagte seine warme Stimme kühl zu ihr:

»Zieh deine Kleider wieder an. Der Herbst hat angefangen, und nachts ist es schon kühl.«

Sie wurde sehr traurig. Zum erstenmal fühlte sie sich nackt; seine Augen lehnten ihre Nacktheit ab. Sie zog einen seidenen Kimono über und ging auf Deck. Sie beobachtete die leuchtenden Fischerboote und begann leise zu weinen.

Seit Tagen hatte sie das Gefühl, weinen zu müssen. Aber sie hatte es nicht zugelassen. Etwas zwischen ihr und Nimer war zerbrochen; etwas Kühles umgab ihre Beziehung; ihre Gemeinsamkeiten starben ab; Rost wuchs auf den Lippen und den Körpern; seine Küsse schmeckten nach Rost. Was war geschehen? Sie wußte es nicht. Sie glühte vor Verlangen nach ihm, aber sie wußte mit dem unfehlbaren Gefühl einer Frau, daß alles vorbei war. Sie konnte nicht mit ihm darüber reden, weil seine Art, mit ihr umzugehen, sich nicht verändert hatte. Weiterhin überhäufte er sie mit Geld und mit Liebe im Bett. Er nahm sich genug Zeit für sie. Über Einzelheiten konnte sie nicht mit ihm reden. Zum Beispiel konnte sie ihn nicht danach fragen, warum er früh morgens leise jemanden angerufen und sich für den nächsten Tag abends um neun Uhr verabredet hatte. Normalerweise hätte sie im Bad sein müssen und nicht hinter der Tür, um das Telefongespräch zu belauschen. Sie konnte auch nicht nach dieser Frau fragen, die im Restaurant gesagt hatte: »Gratuliere!« und ihr dabei einen höhnischen Blick zugeworfen hatte. Nur sie als Frau wußte, wie solche Blicke zu verstehen waren. Wenn sie mit ihm offen über ihre Ängste und Zweifel redete und ihm sagte: »Ich spüre, daß du mich nicht mehr so liebst wie früher«, dann würde er antworten: »Deine Zweifel an meiner Liebe sind der Beweis dafür, daß die Liebe in deinem Herzen weniger geworden ist. Der Zweifel ist der beste Beweis für Mißtrauen, und Mißtrauen ist der Beweis für das Nichtvorhandensein von Liebe.« Das hatte er gestern gesagt. Und so ließ er sie von einer Anklägerin zu einer Angeklagten werden. Seine Antwort war schön, aber sie überzeugte nicht. Es waren nur Worte, nur Worte! Er hatte geschworen, daß er treu war. Aber sie wagte nicht, ihm zu sagen, daß seine Worte nicht überzeugend klangen. Eine verliebte Frau hat ein außerordentliches Gespür für die Existenz anderer Frauen neben ihr.

Ich liebe ihn immer noch. Ich liebe das, was sein nackter Körper mit mir macht. Ich bin ihm dankbar. Er verwandelte meinen Körper von einem Eisblock in Dynamit. Immer, wenn wir uns streiten, versuche ich, mich wieder mit ihm zu versöhnen. Ich bin süchtig geworden. Sein Körper ist meine Droge. Er liebt es, mir teure Kleider zu kaufen und mit mir in die teuersten Restaurants zu gehen, damit seine Freunde uns sehen können. Ich weiß, daß er sich gern mit mir im »Café de Roir«, im »Panasch«, im »Tampo Ril« und in anderen luxuriösen Bars von Beirut zeigt. Er liebt es, mich vor ihnen zu erniedrigen, um den Zauber seiner Männlichkeit zu demonstrieren. Manchmal vernachlässigt er mich, wenn er die Nacht mit einer anderen Frau verbracht hat. Dann aber kehrt er zu mir zurück; immer kehrte er zu mir zurück, weil keine ihn so liebt wie ich und weil keine Frau auf der Welt seine Kräfte im Bett so vollkommen erschöpfen kann. Ich bin für ihn eine Eroberung, und er ist für mich die Eröffnung meines ganzen Lebens. Als er eines Tages mit mir über seine Verlobung mit Na'ela Al-Salmuni, der Tochter des politischen Gegners seines Vaters, Fadel Al-Salmuni, sprach, dachte ich erst, er macht einen Scherz. Ich betrachtete es als einen unterhaltsamen Witz. In dieser merkwürdigen Stadt wird eine Ehe wie ein feudaler, politischer Pakt geschlossen. Man verplant zwei Menschen, die sich nie zuvor getroffen haben, und in den Armen des Bräutigams liegt eine andere Frau, die ihn sehr liebt. Vielleicht liebt er sie auch, ohne es jedoch zu bemerken. Ich liebe ihn immer noch, und meine große Liebe zu seinem Körper hinderte mich bisher daran, ihn genau zu betrachten. Nur gestern schien es mir, als hätte ich sein Gesicht für eine Sekunde genau gesehen.

Der gestrige Tag begann wie im Juni. Wir fuhren mit der Seilbahn nach Harisa hinaus. Ich wünschte mir, wir würden die Kirche oben am Berg betreten, um kurzentschlossen zu heiraten. Aber wir setzten unseren Ausflug fort und landeten wie immer, ohne zu heiraten, im Bett.

Kurz nach Mitternacht stellte er fest, ich hätte ihn erschöpft, er sei müde und der Sache überdrüssig. Ich war hungriger denn je nach seinem Körper und sagte ihm das, worauf er mir riet, mir einen anderen Mann zu suchen. Ich dachte, er mache Spaß und meinte:

»Ich liebe dich, und deshalb ist es ein Vergnügen für mich, mit dir zusammen zu sein. Kein anderer Mann könnte mir dieses Vergnügen geben.«

Er schrie mich an:

»Dein Körper ist vom Teufel besessen. Welcher Mann könnte dich zufriedenstellen! Geh und probier es aus! Ich zweifele sogar daran, daß du Jungfrau warst. Du hast mit mir ein Spiel getrieben.«

Ich begann zu weinen. Er beruhigte mich mit einem Kuß. Dann gingen wir zusammen ins Spielkasino. Er wollte ein bißchen spielen, wie immer nach einem Wutanfall. Hatte er etwa diesmal den Streit absichtlich provoziert und den Termin im Spielkasino bereits vorher verabredet?

Dort kam ein Herr, ein richtiger Herr, auf uns zu. Er begrüßte Nimer und stellte ihm seine Tochter vor. Sie war keine besondere Frau, aber sie trug ungewöhnlich viele Juwelen. Als ich ihren Namen hörte, Fräulein Na'ela Al-Salmuni, Tochter des Parlamentsabgeordneten Fadel Al-Salmuni, versteinerte ich. Das war sie, die Tochter des politischen Gegners, die Verlobte. Er nannte ihr meinen richtigen Namen nicht, sondern stellte mich unter einem anderen Namen vor: »Fräulein Ibrahim, eine ehemalige Kommilitonin von der Universität.« Jetzt erst begriff ich, warum er ohne mich ins Spielkasino gehen wollte. Wird er sich tatsächlich mit seinem Körper, der noch in meinen verpflanzt ist, entfernen und weggehen? Ich habe alle Brücken abgebrochen. Ich habe keine Arbeit. Er gibt mir das Geld, und ich ernähre damit meinen Bruder, der ein Auge zudrückt, weil er Geld von mir bekommt. Ich habe mich an seinen Körper gewöhnt; ich bin süchtig nach ihm und krank. Siebenundzwanzig Jahre lang war mir dieses unglaubliche Vergnügen verboten gewesen. Jetzt bin ich krank und pervers. Ich beschäftige mich nur noch mit dem Bett, in meinem Blut das Verlangen der arabischen Frauen, die seit Jahrtausenden in der Tradition gefangen sind. Ich kann die Sexualität nicht mehr nur als einen Teil meines Lebens praktizieren. Ich kapituliere vor ihr. Die Sexualität ist mein ganzes Leben geworden. In den wenigen Nächten, die ich in der Wohnung meines Bruders verbringe, weit weg von seinem hellen Körper, zittere ich wie eine Süchtige beim Entzug. Ich verliere alle Vernunft. Ich erkenne meinen Wahnsinn und meinen Fehler und weiß theoretisch, wie ich aus dieser verzwickten Lage wieder herauskommen könnte. Aber ich bin unfähig dazu. Als sie mich in der Flasche der Tradition einsperrten, haben sie mir auch meine Widerstandskraft genommen. Und jetzt kapituliere ich vor dem Feuerfluß, der mich mit sich gerissen hat, ein Fluß der brennenden Leidenschaft. Mein Verlangen nach ihm macht ihm Angst. Er will nicht begreifen, daß ich keine Hure bin. Mein Hunger nach seinem Körper ist mehr als tausend Jahre alt. Die Luft riecht nach Herbst; der Wind ist stürmisch und kalt geworden. Ist mein Sommer bereits zu Ende?

Sie blieb auf dem Deck der Jacht, und er folgte ihr nicht. Sie zog ihren Kimono aus und weinte nackt und allein in der Nacht. Zum erstenmal beneidete sie die Schildkröte, die sich in ihren Panzer zurückziehen konnte.

Warum habe ich nicht so einen Panzer wie meine Schildkröte? Ich bin allein, nackt und gebrochen und lebe von Nimers Gnaden.

Hinter den Fischerbooten erschien Beirut mit schimmernden Lichtern, flimmernd wie eine halb erloschene Glut. Yasmina schaute auf die Seite der Jacht und las in der Dunkelheit ihren Namen: Yasmina.

Morgen wird er das ändern. Dann kommt ein Arbeiter, wischt meinen Namen aus und malt einen anderen, vielleicht den Namen Na'ela, darauf.

Aber sie vermochte sich nicht vorzustellen, daß so etwas geschehen könnte. Sie war seine Ehefrau. Sie liebte ihn, sie war ihm treu, sie bereitete ihm Vergnügen und schlief mit ihm. Sie gab ihm alles. Sie wollte nur ihn auf der ganzen Welt. Als er das erste Mal mit ihr schlief, war sie noch Jungfrau gewesen und hatte keine Erfahrung mit Männern gehabt. Warum heiratete er sie nicht? Warum fragte sie ihn nicht danach?

Am nächsten Abend um neun Uhr begleitete Nimer Al-Sikini seinen Vater zum Haus von Fadel Al-Salmuni. Sie machten einen Familienbesuch, um sich kennenzulernen und um die Tochter Na'ela mit dem Sohn Nimer zu verloben. Er hatte sie nur einmal in Begleitung ihres Vaters im Kasino gesehen; aber die Wahlinteressen des Vaters verlangten eine solche Verschwägerung mit der Familie des traditionellen politischen Gegners.

Yasmina lief in der luxuriösen Wohnung von Nimer auf und ab und fragte sich: Wo ist er wohl im Moment? Bei wem ist er? Für wen leuchten seine Augen jetzt?

Ihre Schildkröte kroch mit merkwürdig vorgebeugtem Kopf und langsamer denn je; vielleicht machte die Trauer sie träger. Voller Kummer stand Yasmina vor dem Spiegel. Seit einer Woche hatte sie nicht mehr gelacht. Sie versuchte, sich zu erinnern, wie sie gelacht hatte, bevor sie Nimer kennenlernte; sie versuchte, vor dem Spiegel wie früher zu lachen – und begann zu weinen. Sie kehrte zu ihren Papieren zurück und wollte ein Gedicht schreiben, so wie sie es früher tat, wenn sie traurig war. Aber es gelang ihr nicht. Seit sie in Beirut war, vergaß sie Kritiker, Journalisten und Verleger, vergaß alles. Nimer war der Planet geworden, um den sie kreiste. Und jetzt zog er sich zurück und ließ sie allein in die Leere fallen. Sie beobachtete die Schildkröte, um Trost bei ihr zu finden; aber sie verkroch sich in ihren Panzer. Alle verschwanden und ließen sie zurück wie eine leere Muschel, die am Strand von Beirut liegengeblieben war.

Nischan!

Er konnte es kaum fassen, daß er endlich vor Nischan stand. Nischan hatte ihn nicht umarmt, wie er es sich vorgestellt hatte. Nischan weinte nicht und fragte ihn nicht nach dem Befinden seines Vaters und nach den anderen Dorfbewohnern. Aber er gab ihm zumindest die Hand und bat ihn, Platz zu nehmen, bis er ein Telefonat beendet hatte. Zweieinhalb Stunden waren inzwischen vergangen, und Farah wartete immer noch. Nischan führte ein Telefongespräch nach dem anderen. Die Sekretärinnen gingen ein und aus, und Männer mit dicken Zigarren und ernsten Mienen kamen hektischen Schrittes herein und gingen wieder.

Nischan wurde wütend am Telefon. Er erschien Farah häßlicher und älter und nicht nur das: er drückte sich auch anders aus, härter und unfreundlicher. Farah fühlte sich durch die luxuriöse Umgebung eingeschüchtert. Der Fußboden war mit Samt ausgelegt, ebenso wie die Wände; der ganze Raum kam ihm wie eine Samtschachtel vor. Nischan saß hinter einem Schreibtisch aus durchsichtigem Glas. Über dem Tisch hingen verschiedene Lampen. Hinter ihm war ein Schaltbrett voller Knöpfe, mit denen man Türen und Schränke öffnen konnte. Farah hatte das Gefühl, eine schöne und grausame Welt betreten zu haben. Er glaubte, zwischen die Blätter einer menschenfressenden Pflanze gestürzt zu sein, deren Zähne aus glänzendem Metall bestanden. Er ergab sich in sein Schicksal. Er war müde, so als habe Beirut sein Gehirn gewaschen. Ein Monat der Fremde, der Einsamkeit und der Entbehrung in Beirut quälten ihn, hatten ihn so klein werden lassen wie eine Kakerlake, die halb zertreten ist. Er hörte, wie ihn eine innere Stimme aufforderte, zu seinem Dorf, zu seinen Brüdern und zu seinem leeren, verschlossenen Schrank zurückzukehren. Aber er hatte die Vorstellung, daß das Schloß des Schranks aufgebrochen war und der Wind mit den beiden Türen seinen Unfug trieb.

Er hat mich auf meinem Platz in diesem Raum vergessen. Er hat mich total vergessen! Es gibt keinen Unterschied zwischen mir und diesem Gummibaum, diesen Blumentöpfen oder der Schuhputzmaschine neben der Tür.

Nischan wurde lauter am Telefon und schrie wütend. Farah wollte es nicht mitanhören, aber diese Stimme zwang ihn dazu. Nischan schrie und bebte vor Wut:

»Ich habe aus dir etwas gemacht, und genauso kann ich dich wieder zerstören. Glaubst du etwa, du bist ein Star? Ich kann dich jederzeit gegen ein neues Gesicht eintauschen. Hier in meinem Büro gibt es schon jemanden, der deinen Platz einnehmen könnte. Und meine Tochter wird die Verlobung mit dir lösen ... Ja, ich besitze sie, und ich besitze auch dich! Glaub ja nicht den Kritikern, die über dich und dein Talent großartige Artikel geschrieben haben: ich habe sie schließlich zum Essen eingeladen! Ich weiß genauso gut wie du, daß du kein Talent hast ... Aber ich habe Erfolg, und du wirst noch sehen, daß ich derjenige bin, der dich zerstört!«

Er legte den Hörer auf und schaute Farah an. Er starrte ihn an, als sähe er ihn zum erstenmal. Farah fiel ein, daß seine Kleidung bescheiden war, und er merkte, daß sein Zeh im Schuh zitterte, weil der Strumpf ein Loch hatte. Nischan betrachtete Farah so eine Weile und sagte dann mit entscheidender Stimme.

»Sie wollen Geld und Ruhm. Ihr Vater schrieb in dem Brief, daß Sie eine schöne Stimme haben.«

»...«

»Kennen Sie den Preis für den Ruhm?«

»...«

»Und sind Sie bereit, diesen Preis zu zahlen? Sie müssen vor allem gehorchen; ich verlange absoluten Gehorsam.«

In Nischans Stimme lag etwas Brutales und Hartes; sie klang wie Peitschenhiebe, die auf Tiere niederknallen, die im Zirkus dressiert werden. Farah mußte unwillkürlich an die Geschichte von dem Mann denken, der einen Pakt mit dem Teufel schloß. Der Mann stellte seine Seele dem Teufel zur Verfügung, wofür dieser ihm seine Wünsche erfüllte. Wie hieß doch der Held dieser Geschichte? Faust? Oder etwa Farah?

Farah ging zum Hotel Al-Assal, um seine Sachen und sein bißchen Kleidung einzupacken. Er wechselte das Hotel. Nischan hatte für ihn in einem anderen Hotel ein Zimmer reservieren lassen. Er packte seine wenigen, armseligen Dinge in den Koffer, ließ den Koffer jedoch stehen und ging ohne ihn los. Am Hoteleingang stieß er auf den Fischverkäufer mit seinen merkwürdigen, bunten Waren. Farah blieb stehen und betrachtete die bunten Fische, wie sie in den durchsichtigen Plastiktüten hin und her schwammen und vergeblich mit dem Kopf gegen die Wand stießen. Plötzlich zerriß eine Tüte, und das Wasser mit den Fischen ergoß sich auf den Bürgersteig. Dort bewegten sich die Fische, sprangen ein wenig und kämpften ums Überleben. Der Verkäufer versuchte, sie einzufangen; aber sie entglitten seinen Händen. Farah wurde traurig und weinte leise ohne Tränen.

Fadel Beik* Al-Salmuni erschien an der Tür seines Palastes in dem Beiruter Aristokratenviertel Al-Yasra. Im Garten herrschte ungewöhnlicher Betrieb; der Fahrer lief zur Garage und brachte den Cadillac; den Beik umgaben ratsuchende Menschen, die ihn ins Parlament gewählt hatten und die nun von seinen Leibwächtern verjagt wurden. Es gelang den Wächtern, alle zu verscheuchen, bis auf einen zierlichen, alten Mann, der aus Leibeskräften schrie:

»Ich habe Ihnen doch gesagt, daß die israelische Armee meine Ernte verbrannt und mein Haus gesprengt hat. Kommen Sie mit uns und wohnen Sie einmal auf Ihrem Land, damit Sie selbst sehen, was passiert ist!«

* Ehrentitel für Personen aus der Oberschicht.

Seine Stimme war so laut, als käme sie aus einer riesigen Kehle, als habe sein ganzer Körper sich in eine Kehle verwandelt. Der Beik antwortete ihm mit ruhiger Stimme, die keinen Widerspruch zuließ:

»Ich habe Ihnen schon mehrmals geraten, Ihnen und allen Dorfbewohnern, die Terroristen nicht bei sich zu verstecken. Aber Sie halten sich ja nicht daran. Sie nennen sie sogar ›Aufständische‹. Diese Leute sind der Grund für die Zerstörung des Dorfes. ›Ich sage: Tut etwas, dann werden Gott, euer Prophet und die Gläubigen eure Taten anerkennen.‹«

»Ausgerechnet Sie zitieren Gottes Wort? Wehe Ihnen!« schrie der alte Mann. Dann brachte ihn ein heftiger Schlag ins Gesicht zum Schweigen.

»Ich fahre nicht mit dem Cadillac«, meinte der Abgeordnete Al-Salmuni Beik zu seinem Fahrer. »Bringen Sie mir den kleinen Wagen!«

Der Fahrer holte den kleinen Fiat und grinste, denn der Beik fuhr heute zu seiner geheimen Wohnung. Der Beik stieg ein und gab seinen Leibwächtern die Anweisung, ihn heute nicht zu begleiten. Einer von ihnen überreichte ihm einen kleinen Revolver, weil er sich um sein Leben sorgte.

Der Wagen fuhr in Richtung Al-Ramlah al-Beida. Der Beik war in Gedanken versunken, um plötzlich daraus zu erwachen:

»Nein, wir fahren nicht dorthin. Fahr mich zur Wohnung von Faiza!« sagte er zu seinem Fahrer. Dort hatte er ein kleines, hübsches Appartement, und dort lebte eine Blondine. Er bevorzugte die Europäerinnen; mit ihnen konnte man klare Abmachungen treffen und sie zum Schluß ohne Komplikationen verlassen. Seine arabischen Freundinnen waren wärmer und treuer, aber sie waren dumm und verliebten sich in den Mann, der mit ihnen schlief, und verwandelten sich mit der Zeit von einem Vergnügen zu einem Problem. Und für Probleme hatte er keine Zeit. Die Europäerinnen verstanden mehr vom Leben. Dienstleistung gegen Dienstleistung. Sie waren auch nicht schockiert, wenn er ihnen seine sexuellen Wünsche und Vorlieben zeigte. Die Araberinnen betrachteten das als pervers.

Das Auto hielt vor dem Haus der Wahrsagerin Faiza. Der Fahrer stieg schnell aus, um die Ankunft des Beik anzukündigen. In zwei Minuten war der Beik in dem kleinen, fensterlosen Zimmer, das nur spärlich möbliert war, so als würden Geister und Dämonen keine Möbel mögen; vielleicht wollte die Wahrsagerin aber auch nur die geeignete Atmosphäre und Spannung erzeugen.

»Was gibt's, Beik?«

»Ich bin gekommen, um Sie in einer wichtigen Angelegenheit um Rat zu fragen.«

»Sie müsen etwas zutiefst geheim halten.«

»Ja, das habe ich getan.«

Sie betrachtete ihn mit einem durchdringenden Blick. Er schaute zu Boden aus Achtung vor ihren unsichtbaren Kräften und der Anwesenheit geheimer Wesen. Seine Blicke fielen auf die Armlehne eines halbverrotteten Sessels. Er steckte die Hand in ein Loch dieser Lehne und versuchte mit einer ärgerlichen Bewegung, das Loch zu vergrößern. Sie nahm einen Stift in die Hand und zeichnete Linien und Worte auf das Papier. Sie war Analphabetin, konnte weder Lesen noch schreiben. Er sagte:

»Ja, richtig, es geht um meine Tochter Na'ela.«

Sie zeichnete die Linien weiter, und fuhrt fort:

»Und Nimer Al-Sikini. Was meinen Sie? Wird die Ehe zwischen ihm und meiner Tochter zustande kommen?«

Sie schloß die Augen. Ihr Körper bebte. Der Geist, der alles wußte, ergriff Besitz von ihr und ließ sie etwas auf das Papier schreiben. Sie zitterte am ganzen Leib, und aus ihrer Kehle erscholl eine Stimme, die nicht von einem Menschen zu stammen schien, sondern tief und hohl war, als käme sie aus dem Grab. Die Stimme sagte:

»Ich sehe große Trauer. Ich sehe Blut, viel Blut.«

Dann schluchzte und zitterte Faiza, als spielte sich vor ihren Augen ein Massaker ab.

Nachdem sie einige Minuten still gewesen war, öffnete sie die Augen. Sie blickten ruhig, als hätten sie nicht eben erst gezuckt und geweint. Der Beik flehte sie an:

»Es gibt noch eine Sache, zu der ich deinen Rat haben möchte. Wird sie geschehen?«

Sie antwortete:

»Sie müssen etwas äußerst geheim halten.«

Dann schloß sie die Augen, und wieder herrschte die gespannte Atmosphäre. Sie schrieb mit dem Stift das Wort »ja«. Der Beik rieb sich die Hände, zog einige große Geldscheine aus der Tasche und gab sie ihr. Er verbeugte sich, küßte ihre Hand und ging schnell hinaus.

Als er gegangen war, brach Faiza in lautes Lachen aus und zählte das Geld.

Es donnerte, es klang wie ein bedrohliches, rätselhaftes Brüllen.

Als es donnerte, war Yasmina allein. Die Welt erschien ihr dunkel und grausam. In der Tiefe der unergründlichen Nacht fühlte sie sich klein und verlassen. Plötzlich fing sie an zu sprechen:

»Nimer, Nimer, wer hätte geglaubt, daß die Liebe in dieser Stadt als Fehlgeburt zur Welt kommt? Wer hätte gedacht, daß deine Finger, die früher bei der Berührung meines Körpers brannten, heute kalt und unbeteiligt sind?«

Sie war keine Frau, die so leicht aufgab. Aber was würde es schon nützen, die andere Frau aus seinem Leben zu verjagen, wenn die Angelegenheit für ihn ohnehin gleichgültig war?

»Warum werde ich nicht vernünftig? Warum kehre ich nicht nach Damaskus zurück, um wieder als Lehrerin zu arbeiten? Die Polizei könnte mich wegen Unsittlichkeit verhaften, weil ich mit einem Mann illegal zusammenwohne.

Sie hatte begonnen, ängstlich Polizeiberichte in den Tageszeitungen zu lesen. Wenn sie eine Schlagzeile wie »Eine Wohnung wurde durchsucht« oder ähnliches las, zitterte sie vor Angst, ihr könnte so etwas auch passieren. Es donnerte wieder. Erneut fiel ihr sein Name ein:

»Nimer! Wo ist er eigentlich? Bei wem ist er? Wer genießt heute seine blonde, schöne, leuchtende Gegenwart?«

Sie wußte, daß sie nicht nach Damaskus zurückkehren konnte. Kein Fluß fließt zu seiner Quelle zurück. Es war so, wie es war, und damit basta. Sie fuhr auf einem Fluß voller Blut und ohne Rückkehr.

Sie stellte das Fernsehen lauter, in der Hoffnung, dadurch Regen und Wind zu übertönen. Sie versuchte, sich auf den Bildschirm zu konzentrieren, wo ein junger Mann mit einer männlichen, traurigen Stimme sang. Dieses Gesicht hatte sie schon einmal gesehen, ganz sicher hatte sie es schon einmal gesehen, aber wo? Sie konnte sich nicht mehr erinnern. »Ich habe alles verloren, sogar mein Gedächtnis!« Der Fernsehsprecher nannte den Namen des Sängers: Farah. Den Namen hatte sie schon einmal gehört. Inzwischen war es elf Uhr nachts geworden, Zeit für Nimers Rückkehr. Ihr Herz flatterte wie ein angeschossener, kleiner Vogel. Wo war er jetzt? Die Geschichte von der nächtlichen Sitzung in der Firma überzeugte sie nicht, vor allem deshalb nicht, weil er ihr verboten hatte, ihn anzurufen: Er habe so viel zu tun, daß er das Gespräch abbrechen werde. Hätte er ihr erlaubt zu telefonieren, hätte sie es nicht getan. Sie verbrachte quälende drei Stunden seiner Abwesenheit. Was machte er wohl jetzt? Besuchte er Na'ela, die Tochter von Fadel Al-Salmuni, und verbrachte den Abend im Hause seiner Verlobten, wie es jeder höfliche Verlobte tun würde? Aber er hatte das Gerücht von seiner Verlobung doch dementiert! Hatte er etwa gelogen? Die Schildkröte schwieg und betrachtete Yasmina aus leeren, gleichgültigen Augen. Yasmina aber redete mir ihr und erlebte all ihre Hochzeiten mit Nimer.

Yasmina lief in Nimers Wohnung zwischen den Möbeln hin und her, strich über die Samtsessel, das bunte Telefon, die schön tapezierten Wände, die goldenen Türklinken, die Parfümflaschen auf der Frisierkommode, die neuen Kleider und den kostbaren Pelz. Sie mochte diesen kostbaren Pelz. Sie breitete ihn auf dem Boden aus, legte sich nackt darauf und bewegte sich hin und her; dabei fühlte sie sich, als liefe sie durch einen riesengroßen Wald voller goldener Bäume und voller Männer aus Ebenholz mit starken Muskeln. Die Männer trugen sie über ihren Köpfen und warfen sie von einem zum anderen, bis sie schließlich in den Armen von Nimer landete. Wie herrlich ist der Körper des Mannes! Warum spüren sie das denn nicht? Warum pflegen sie die

Legende, daß die Frau schöner ist? Warum schauen sie nicht ein einziges Mal die Schönheit des Mannes und seine wunderbare Gestalt an? Er ist das schönste Lebewesen im Wald.

Nimer, der Körper von Nimer. Sie bekam immer mehr Appetit auf ihn; sie saugte ihn auf wie eine Biene den Nektar, fraß ihn jede Nacht wie manche Weibchen bei den Tieren das Männchen während der Paarung fressen. Sie liebte ihn; nur im Bett glaubte sie, ihn ganz zu besitzen, fühlte sich nur sicher, wenn er neben ihr lag und sie ihn in sich aufnahm und alle Türen wie bei einer Zitadelle verschloß. Dann hatte sie den Wunsch, er möge sie nie wieder verlassen. Einmal hatte er ihr gestanden, daß er sich von keiner Frau so befriedigt fühle wie von ihr und daß er an ihre Liebe glaube. Aber warum heiratete er sie dann nicht? Warum ließ er sie hilflos in dem Königreich seines Körpers, seines Reichtums und seiner Düfte herumschwimmen? Sie nahm eine Flasche Parfüm und bereitete sich vor, ihn zu empfangen. Die Flasche war danach leer. Im letzten Moment verzichtete sie darauf, sie in den Mülleimer zu werfen, denn diese leere Flasche war einmal voll gewesen und gehörte zu Yasminas Tagen mit Nimer. Es wäre ein schlechtes Omen gewesen, sie wegzuwerfen.

»Ich bin albern geworden. Ich sammle Erinnerungsstükke, Photos und leere Parfümflaschen, sammle all diese Götzen der Liebe. Ach, ich bin nicht mehr ganz normal!«

Nimer verspätete sich. Yasmina drehte sich zu ihrer Schildkröte um:

»Wenn er kommt, frage ich ihn nicht, wo er war. Ich kritisiere ihn nicht, warte ab und schweige, warte ab, bis das Fallbeil auf mein Genick herabsaust. Ich habe das Gefühl, es hängt da und fällt gleich herab. Aber darüber werde ich nicht mit ihm reden; mir bleibt nichts, als auf meine Hinrichtung zu warten.«

Die Schildkröte schwieg. Sie hatte keine Antwort, keine Stimme; sie gehörte zu den seltsamen Lebewesen, die mit Schweigsamkeit bewaffnet sind. Besäße Yasmina eine Katze, dann würde ihr Miauen ihr ein wenig Geborgenheit schenken; gäbe es hier freundliche Nachbarn, dann würde sie eine Freundin finden, mit der sie über ihre Traurigkeit reden könnte. Nimers Wohnung lag jedoch in einem Hochhaus, und die Leute hier waren aggressiv und boshaft. Hätte sie wenigstens einen Hund, der sie mit seinem Bellen unterhielte! Das Schicksal aber hatte ihr eine Schildkröte zugedacht, die stumm in ihrem Panzer herumkroch.

Keine Antwort, keine Antwort. Sie kannte schon alle möglichen Antworten. Das einzig Richtige wäre, nach Damaskus zu ihrer Arbeit zu fliehen; bliebe sie in Beirut, würde sie eine von diesen einfachen, armen Leuten werden. Nimer saugte sie aus und würde sie bald ausspucken. Sie wußte ganz genau, daß sie jetzt sofort fliehen mußte.

In dem Moment, als ihr alles klar war, öffnete sich die Tür, und Nimer trat ein. Draußen donnerte es. Sie fühlte sich allein und machtlos gegenüber all diesen riesigen Kräften. Weinend warf sie sich ihm an die Brust und gab auf seine Fragen keine Antwort.

»Jede Nacht empfängst du mich mit Tränen und Schweigen«, meinte er vorwurfsvoll. »Du bist nicht mehr glücklich, du bist nicht mehr die Yasmina, die ich kenne.«

»Es ist nichts«, entgegnete sie. »Beirut hat mich nur verdorben.«

»Beirut hat dich nicht verdorben. Ihr alle schiebt die Schuld immer auf Beirut. Deine Verdorbenheit liegt in dir selbst. Beirut hat euch nur aufgenommen und entblößt.«

»Aber ich bin doch keine Hure! Ich liebe dich. Am Anfang unserer Beziehung hast du von Heiraten gesprochen.«

»Heiraten? Das glaubst du doch selbst nicht! Glaubst du etwa, ich würde eine Frau heiraten, die mir ihren Körper schon vor der Ehe gegeben hat?«

»Warum denn nicht? Hast du mir nicht stolz erzählt, daß du deinem Vater gesagt hast, er solle die Gleichstellung der Frau und ihre Emanzipation in sein Wahlprogramm aufnehmen, als er sich zur Wahl ins Parlament stellte?«

Er antwortete nicht, sondern murmelte vor sich hin:

»Ich soll eine Frau heiraten, mit der ich eine Nacht vor der Hochzeit geschlafen habe?«

»Warum denn nicht?« Oder willst du es so machen wie euer Freund Nischan, von dem man sagt, daß er wegen der

Kühle seiner Frau, der Tochter eines Emigrantenmillionärs, jetzt lieber mit jungen Männern schläft?«

»Halt den Mund! Du bist unverschämt!« Er war aufgeregt und wütend, nahm die leere Parfümflasche, spielte damit herum und verließ schweigend das Zimmer. Dann warf er die Flasche in den Mülleimer. Als er hinausgegangen war, nahm Yasmina die leere Flasche wieder heraus, drückte sie an die Brust und weinte. Draußen donnerte es heftig. Der Regen prasselte an die Fensterscheibe, als wollte er Yasmina in die Fremde, die Kälte und die Verirrung mitnehmen. Sie weinte lange. Dann zog sie ihre Kleider aus und legte sich neben den schlafenden Nimer.

Wie konnte er nur so ruhig einschlafen? Wie können die Männer einen Speer ins Herz der verliebten Frau stoßen und dann ruhig schlafen, ohne sich zu rühren oder Kopfschmerzen zu bekommen?

Als er sie neben sich spürte, nahm er sie in den Arm, und sie merkte, wie sich ihr Körper gegen die Vernunft wehrte. Ihr Körper liebte ihn. Der Regen prasselte bedrohlich gegen das Fenster; er nahm sie mit sich fort, weit fort, und Nimer begann wieder zu schnarchen.

Es donnerte, es klang wie ein bedrohliches, rätselhaftes Brüllen.

Im »Cafe der Nacht« stürmte und tobte der Wind. Das alte Bett des Besitzers wackelte. Die Männer waren um die Öllampe versammelt. Ihre großen Hände, die die Spuren der Fischbisse und des Salzes trugen, bedeckten den einzigen Tisch des Cafés. Es donnerte wieder. Abu Mustafa zeigte mit der Hand, an der zwei Finger fehlten, auf das Meer, dieses schwarze, kochende Inferno am Horizont, und sagte:

»Oh, ihr jungen Leute, wir können diese Nacht nicht fischen. Laßt uns nach Hause gehen!«

Eine Stimme rief:

»Laßt uns wenigstens unsere Forderungen auf einen Zettel schreiben. Wer hat einen Stift und Papier? Mustafa soll es aufschreiben!«

Sie fanden einen Stift, aber kein Papier. Schließlich nahm einer von ihnen eine Tüte aus der Tasche; sie bestand aus gelbem Papier, in das er sein Brot gewickelt hatte und das voller Öl- und Tomatenflecken war. Sie breiteten die Tüte aus, und Mustafa schrieb trotz des Sturms mit zitternder Hand:

»Alles ist gegen uns. Das Meer ist verschmutzt, unsere Fangmethoden sind primitiv. Deshalb fischen wir nur nachts, und wir können nur an bestimmten Tagen im Jahr fischen. Wir können nicht weit hinaus aufs Meer fahren. Die Kanalisationen münden ins Meer. Die Fische sind krank. Wir fangen mit unseren Netzen auch Müll und Metallstücke, die die Netze zerreißen. Und die Netze sind die Quelle für unser Brot.«

Es regnete. Das Wasser durchnäßte die Männer und das Papier. Keiner von ihnen beachtete den Regen. Mustafa schrieb weiter:

»Wir kämpfen an allen Fronten: gegen die Natur, die Gleichgültigkeit der Behörden, die Armut und gegen die völlig ungesicherte Existenz des Fischers. Er ist der Besitz eines Großhändlers wie alles in diesem Land. Der Großhändler kauft alles, was wir fangen, und er diktiert uns den Preis, der ihm paßt. Wir haben keine Genossenschaften und keine Kühlanlagen.«

Der starke Regen wusch das Papier, und die Worte verblaßten. Aber die Männer diktierten Mustafa weiter:

»Und weil wir keine Genossenschaften und keine Kühlanlagen, in denen wir Fische lagern können, besitzen, müssen wir unseren Fisch zu dem Preis verkaufen, den uns Fadel Al-Salmuni, Narges Al-Sikini und ihre Clique diktieren. Der Fischer hat keine Sicherheit. Er ist jederzeit von Tod und Invalidität bedroht, und seine Familie kann von heute auf morgen ohne Ernährer und ohne Rente dastehen, mit nichts.«

Es donnerte, es klang wie ein bedrohliches, rätselhaftes Brüllen. Das störte den Beik jedoch nicht. Er fuhr mit seinem Telefonat fort:

»Das Rentengesetz für uns, für die Minister und die Direktoren ist verabschiedet worden. Hallo ... Hallo ..! Hören Sie mich? Hallo ... Hallo ..!«

Fadel Al-Salmuni legte den Hörer zornig auf und flüsterte:

»Die Leitung ist unterbrochen!«

Er schimpfte:

»Immer, wenn es regnet, ist die Leitung defekt!«

Die Unterbrechung des Gesprächs mit Abu Nimer, seinem Freund, beschäftigte ihn jedoch nicht lange. Er freute sich, daß das Gesetz, das den Abgeordneten, den Ministern und allen wichtigen Leuten die Rente garantierte, verabschiedet worden war. Der Beik dachte an die Wahrsagerin Faiza. Sie hatte die Verabschiedung dieses Gesetzes prophezeit. Diese Frau wußte wirklich alles! Deshalb verließ er sich auf sie. Als er noch Minister war, ging er heimlich zu ihr und suchte bei ihr Rat. Eines Tages stieß er dort auf den Ministerpräsidenten. Sie grüßten sich förmlich, wie zwei Richter, die sich zufällig im Bordell treffen. Später vergaßen sie die Angelegenheit, fühlten sich aber dennoch irgendwie verbunden und schlossen schließlich ein politisches Bündnis, das dem wirtschaftlichen Interesse Fadel Beiks von Nutzen war.

»Faiza ist voller Güte, Segen und Wissen.« Mit diesem Spruch und dieser Weisheit stand Fadel Beik auf und zog seinen Abendanzug an. Es donnerte immer noch. Aber es störte und interessierte ihn nicht.

Das Papier war aufgeweicht; die Kehlen der Männer im »Café der Nacht« waren trocken. Der Regen durchnäßte sie von Kopf bis Fuß. Als es wieder donnerte, sagte Abu Mustafa:

»Laßt uns nach Hause gehen!«

Eine Stimme fragte:

»Wer kann mir einen Lira leihen?«

Abu Mustafa hustete:

»Wenn ich einen hätte, würde ich ihn dir geben. Schön wär's.«

Sie verließen das »Café der Nacht“, und die Nacht verschluckte sie.

Als Abu Mustafa und sein Sohn die Hütte erreichten, war alles dunkel, und die Familie schlief. Sie gaben sich keine Mühe, leise zu sein, denn alle hatten sich daran gewöhnt, bei Lärm zu schlafen. Zwölf Personen lebten in einem einzigen Raum, und das ging ohne Geräusche nicht ab, auch wenn alle schliefen; die Empfindung von Lärm war diesen Menschen unbekannt. Mustafa ließ sich in seiner gewohnten Ecke nieder. Abu Mustafa legte sich neben seine Frau, die sehr laut schnarchte.

Es herrschte völlige Dunkelheit, aber Mustafa konnte nicht einschlafen. Er war hellwach, als seine Mutter aufhörte zu schnarchen. Er wußte, daß sie nun wieder miteinander schlafen würden. Als der Atem seiner Mutter heftiger und schneller ging und sich mit dem Stöhnen und Schluchzen seines Vaters vermischte, wurde sein Gesicht ganz heiß. Das kleine Zimmer war wie eine Gebärmutter aus lebendigem Fleisch. Er hatte das Gefühl, daß die fleischigen Wände sich zusammenzogen und wieder ausdehnten wie ein pochendes Herz. Die Wände schwitzten, und im Innern war es warm. Auch Mustafas Körper war sehr warm. Er begann, sich selbst zu befriedigen und spürte, wie sich sein Körper auf heißen Kohlen bewegte, die angenehm brannten. Er betrieb die Selbstbefriedigung im Rhythmus der Bewegungen seines Vaters, bis er schweißnaß war und glaubte, in ein warmes Becken zu stürzen. Das Zimmer schwieg, hörte zu pochen auf, und die Wände kehrten an ihren Platz zurück.

»Wenn mein Vater nicht fischen kann und, vom Meer besiegt, zurückkehrt, dann geht er in den Garten meiner Mutter, um den goldenen Spatz zu fangen. Das Ergebnis ist ein neuer Mund, der ernährt werden muß, der Körper eines neuen Kindes, der in unserem Zimmer liegt. Er entlädt seine Wut im Bett, und ich fresse mich selbst. Nicht einmal sprechen kann ich mit dem Mädchen, das ich liebe! Die Unterdrückung ist überall. In dieser erstickenden Atmosphäre bleibt mir nur, ihr Liebesbriefe zu schreiben und sie vor die Tür ihres Hauses zu legen. Wie Spione tauschen wir unsere Briefe aus. Ich träume von ihr auf meiner einsamen Reise in die Gärten des verbotenen Apfels. Ich träume vergeblich von ihr, und vergeblich webe ich sie zwischen den Fingern. Mein Vater kehrt von seiner Reise besiegt zurück, auf den Schultern ein neues Kind.«

Mustafa konnte nicht schlafen. Alles war nur gemacht, um ihn zu unterdrücken, und jeder Versuch, aus der Sackgasse der Armut und Unterdrückung zu entkommen, mißlang. Seine einsame Reise in die Selbstbefriedigung hatte ihn verwirrt.

Er stand auf und ging aus dem Haus; es donnerte, aber er merkte es kaum. Er hatte etwas vor und wollte es unbedingt ausführen, denn es schien ihm die einzige Lösung zu sein, wenn er nicht im Zweifel versinken oder gar umsonst sterben wollte.

Er klopfte an die Tür des Genossen Nadim. Er klopfte eine ganze Weile, bis eine verschlafene Stimme aus dem Haus kam:

»Wer ist da?«

»Ich bin's, Mustafa. Mach auf, Nadim!«

Die Tür quietschte, ein Lichtschein drang nach draußen.

»Was ist passiert?« fragte Nadim, als Mustafa tränennaß und regenüberströmt vor ihm stand.

»Ich werde bei euch mitmachen. Eine andere Lösung habe ich nicht gefunden.«

»Das wirst du nicht bereuen, Kamerad. Willkommen bei uns!«

Es donnerte, es klang wie ein gewaltiges, rätselhaftes Brüllen.

Als es zum zweitenmal blitzte, drehte sich Ta'an um.

Blitzschnell sah er das Gesicht des Mannes, der seit drei Stunden hinter ihm herlief, und er war sicher: Das ist keine Phantasie! Er verfolgt mich.

Wieder donnerte es, und die Angst donnerte in seinem Herzen.

Solange der Mann hinter ihm herlief, wagte er nicht, zu seinem Versteck im Haus seines Bruders Nawaf zu gehen.

Er mußte weiterhin durch die Straßen Beiruts hetzen, die dunklen Ecken meiden, sich von einem Café zum anderen schleppen und darauf achten, nie allein zu sein.

Es gibt einen Mann, der mich töten will. Draußen in der Steppe faßten sie aus Rachsucht den Beschluß, mich zu töten. Und jetzt soll eine Kugel auf mich abgeschossen werden. Wo wird diese Kugel mich treffen, die zweifellos eines Nachts auf mich gefeuert wird? In den Kopf, in die Brust, genau ins Herz oder in den Bauch? Ich werde langsam verbluten, werde mich lange quälen, bevor ich sterbe. Warum soll ich mich lange quälen? Warum soll ich wie ein räudiger Hund sterben, obwohl ich unschuldig bin? Meine einzige Schuld ist, daß ich Pharmazie studiert habe, ohne zu wissen, daß ich an dem Tag, an dem ich mein Diplom erhielt, zum Tode verurteilt würde. Was ist das für ein Wahnsinn? Was für ein Wahnsinn, der die Welt beherrscht!

Als Ta'an sein Pharmazie-Studium abgeschlossen hatte, sehnte er sich danach, nach Beirut zurückzukehren, um dort zu arbeiten. Er beschloß, in Baalbek eine Apotheke zu eröffnen und sie Al-Hanan*-Apotheke zu nennen. Er telegraphierte an seine Eltern, daß er nach Hause kommen werde, und legte den Termin seiner Rückkehr fest. Aber es überraschte ihn ein Telegramm der Eltern, in dem sie ihn aufforderten, dort zu bleiben; nicht einmal zu seinem Diplom gratulierten sie ihm. Durch dieses Verhalten verwirrt, telegraphierte er noch einmal, um den Termin abermals mitzuteilen. Dann nahm er ein Flugzeug nach Beirut. Viele starke Männer seiner Sippe erwarteten ihn am Flughafen, unter ihnen auch Leute, die gesucht, von der Justiz verfolgt wurden und sich nur in Ausnahmefällen auf öffentlichen Plätzen zeigten. Sie hakten ihn mit einem Arm unter, während sie die andere Hand zitternd in der Tasche hielten.

* Sympathie, Liebe, Mitleid.

In dieser Hand halten sie eine Pistole. Was ist das für ein Empfang? Ich bin doch ein friedliebender Mensch. Ich habe in meinem Leben keiner Fliege etwas zuleide getan.

Er hatte Pharmazie studiert, weil er zu empfindlich war, um Arzt oder Chirurg zu werden. Seit seiner Kindheit konnte er kein Blut sehen. Dennoch sah er bereits Blut, als er das Licht der Welt erblickte, das Blut seines getöteten Onkels. Was war geschehen, daß sie zum Flughafen kamen und den Geruch des Todes und der Zerstörung an sich trugen?

Im Auto fragte er seinen Vater und hörte bestürzt, daß man ihn zum Tode verurteilt hatte, weil er Akademiker war.

»Dein Vetter hat ein Mitglied der Sippe Al-Khardalia getötet aus Rache für deinen Onkel. Der Getötete besaß einen Universitätsabschluß. Deshalb beschloß die Sippe von Al-Khardalia, an dem ersten Jungen aus unserer Sippe Rache zu nehmen, der einen Universitätsabschluß haben würde. Und durch Zufall bist du der erste Junge. Die neue Rachetradition besagt, daß für einen getöteten Analphabeten ein Analphabet und für einen Ausgebildeten ein Ausgebildeter getötet wird.«

Ta'an dachte: Die Technik ist in das Denken der Sippe eingedrungen. So, sie halten also etwas von einer Ausbildung!

Ta'an stand eine Weile vor dem Kino Al-Hamra in der Al-Hamra-Straße. Er tat so, als zünde er sich eine Zigarette an, da er feststellen wollte, ob der Mann ihn immer noch verfolgte. Es regnete heftig, und die restliche Sommerwärme war allmählich verflogen. Sein Herz verkrampfte sich, so sehr sehnte er sich nach einer Frau, nach Liebe, nach Schwimmen, Singen, Herumlaufen, Sitzen im Café, nach dem Lachen der jungen, schönen Frauen. Müde vom Hetzen durch die Straßen, fühlte er sich wie der Held in einem Mafiafilm, verfolgt und zur Heimlichkeit gezwungen. Es war ihm zuwider, einen Revolver zu tragen, von dem er nicht einmal genau wußte, wie er funktionierte. Es war ihm unglaublich zuwider, sich im Hause seines Bruders Nawaf zu verstecken, die Türen zu verriegeln, die Vorhänge zuzuziehen und das Fenster zu meiden. Ihm war die Arbeitslosigkeit und das Warten auf den Tod, der kommen oder auch nicht kommen würde, zuwider. Ihm war alles zuwider, unsäglich zuwider! Er zitterte. Er spürte, daß er nicht mehr auf den Beinen stehen konnte. Die Zigarette fiel ihm aus der Hand. Der Mann verfolgte ihn immer noch.

Oder ist das alles nur Einbildung? Ich habe das Gefühl, daß jeder Mann auf der Straße mich verfolgt. Meine Nerven sind am Ende. Ich muß mich jetzt in mein Versteck verkriechen.

Er stoppte das erste vorbeikommende Taxi und stieg ein. Er flüsterte seine Adresse, als wenn er ein Geheimnis preisgäbe, hatte aber tatsächlich nicht seine Adresse genannt, sondern nur den Namen der Straße. Den Rest des Weges würde er zu Fuß gehen, um sicher zu sein, daß niemand ihm folgte. Im Taxi schaute er sich um. Er sah einen Strom von Autos und blitzenden Scheinwerfern und beobachtete ihn ängstlich, glaubte er doch, daß alle diese Autos ihn verfolgten und voller Männer mit Maschinengewehren waren, die ihre Finger am Abzug hatten. Und wenn er aus dem Taxi stiege, würden die Kugeln seinen Körper durchsieben. Er würde im Fallen einige Schritte tun, als ob er tanzte. Und wenn er sich vor dem Tod retten und sein Bett lebendig erreichen könnte, würden ihn Alpträume plagen. Ihn wird das Geräusch der Kugeln aufschrecken, die ihn, seinen Bruder und die Kinder seines Bruders töten. Die Männer werden alle Bewohner des Hauses umbringen, und sein Bruder wird sterben, noch bevor er einen einzigen Schuß abgeben kann.

Das Taxi hielt an. Ta'an stieg aus und merkte, daß mehrere Autos auf der Straße parkten; aber die Straße war ja für alle Menschen da!

Ein geparktes Auto auf der Straße, in der ich mich versteckt halte, muß nicht unbedingt bedeuten, daß sein Fahrer mich töten will. Doch! Sie wollen mich töten! Ich weiß es. Ich bin an dem Tag gestorben, als sie mich zum Tode verurteilten aus Rache für einen Mann, den ich nicht umgebracht habe, an dessen Tod ich völlig unbeteiligt bin und den ich noch nie gesehen habe. Und nun schleppe ich meine nutzlosen Tage dahin.

Er versuchte, ruhiger zu gehen, aber es gelang ihm nicht. Er lief schnell, seine Beine zitterten dabei. Hinter sich hörte er Schritte. Er ging schneller. Die Schritte hinter ihm wurden auch schneller. Seine Hand umfaßte den Revolver. Er war sicher, daß ihn jemand verfolgte und hinter ihm herlief. Die Person näherte sich ihm, faßte ihn an der Schulter. Jetzt gab es keinen Zweifel mehr! Er drehte sich um und zielte mit dem Revolver auf den Mann, wortlos. Der Mann fiel zu Boden, und zum erstenmal sah Ta'an sein Gesicht und den erstaunten Blick in seinen Augen. Er hatte getötet. Er hatte einen Mann, den er noch nie zuvor gesehen hatte, getötet. Und der Getötete schien verwundert gewesen zu sein.

Es donnerte, es klang wie ein gewaltiges, rätselhaftes Brüllen. Farah erhob sich vom Körper der jungen Frau. Trotz des naßkalten Wetters schwitzte er aus allen Poren. Es donnerte wieder. Die junge Frau sagte:

»Versuch es noch einmal!«

Er zündete sich eine Zigarette an und schwieg. Er konnte ihr nicht sagen, daß es zwecklos war, es noch einmal zu versuchen. Vor ihr hatte auf diesem Bett eine andere Frau gelegen und vor ihr wieder eine andere. Er hatte bei allen versagt. Sieben Frauen in einer Woche, jeden Tag eine andere, und keine konnte er besitzen.

Ich besitze nicht einmal mich selbst und meinen Körper, wie kann ich dann einen anderen Körper besitzen!

Früher war kein Schaf und keine Kuh in seinem Dorf sicher vor ihm gewesen. Heute war er unfähig, die schönsten Frauen zu nehmen. Die junge Frau sprach mit einer gekünstelten, sanften und weiblichen Stimme zu ihm:

»Ich liebe dich. Versuch es noch einmal! Auf diesen Moment habe ich schon lange gewartet! Ich habe dich im Fernsehen gesehen, habe deine Photos aus den Zeitungen und Zeitschriften gesammelt und sie an die Wände meines Zimmers gehängt. Komm her, mein Geliebter, komm, du ›Sänger der Männlichkeit‹!«

Er brach in Lachen aus, als er den Titel »Sänger der Männlichkeit« hörte. Nischan hatte ihn öffentlich so genannt. Ein starker Körper, eine behaarte Brust, eine rauhe, bäuerliche Stimme, die männlich klang – viele Mädchen aus Beirut waren darauf hereingefallen. Dieser Mann erregte ihren Appetit auf starke Männer, die ein Leben ohne Formalitäten und soziale Zwänge führten, Männer, die die Frau mit der einen Hand schlugen und mit der anderen umarmten. Nischan erzählte, daß in Beirut eine Gier nach dem Mann als Mann herrsche, und er wolle diese in seinem Interesse nutzen. So zwang er Farah, die Rolle des zornigen Mannes zu spielen, obwohl Farah in seinem Innern zerbrechlich, ängstlich und sensibel war. »Sänger der Männlichkeit!« Jedesmal, wenn er diesen Titel unter seinen Photos auf der ersten Seite der Zeitschriften las, war ihm gleichzeitig zum Lachen und Weinen zumute. Er erinnerte sich, wie Nischan ihm zum erstenmal diesen Titel gab.

Wir verbrachten einige Tage in seinem Privatbungalow am Meer. Es war ein klarer Herbsttag, und das Meer erstreckte sich vor mir in all seiner Pracht. Ich liebe das Meer, so wie alle Bewohner von Damaskus und seiner Umgebung das Meer lieben. Ich stellte mir vor, wie die Körper der Frauen in ihrer nackten Jugendlichkeit während des ganzen Sommers den Sand bedeckten. Und ich liebe die Frauen, wie alle Männer auf der Welt. Der Eßtisch war voll mit Köstlichkeiten und Getränken. Der Alkohol stieg mir zu Kopf; trotz der kühlen Brise schien die Sonne immer noch recht warm. Die Wirkung des Alkohols verstärkte sich durch die Sonne; ich wußte nicht mehr, wovon ich betrunken war, vom Alkohol oder vom Leben. Nischan sah mich mit ernstem Blick an. Ich entsann mich seines Wortes »Gehorsam« und beschloß, alles zu tun, was er befahl, um mir so einen Tag wie diesen mit seinen Köstlichkeiten und Freuden einmal selber leisten zu können. Ich legte mich auf die Terrasse in die Sonne. Das war eine Anweisung von Nischan, der meinte, die bronzene Farbe erhöhe meine Attraktivität und sei für meine Arbeit wichtig. Eigentlich wollte ich den Strand entlanglaufen wie ein glückliches Pferd. Nischan beharrte jedoch darauf, daß die gewünschte Bräune nach einem festen Zeitplan entstand: eine Viertelstunde auf dem Bauch liegen, dann eine Viertelstunde auf dem Rücken; darüber hinaus war Umdrehen nicht erlaubt, damit kein Fleck auf meinem Körper hell blieb. Ich führte alle Anweisungen aus. Zwischendurch rieb er meinen Körper mit Sonnenöl ein.

Ich lag auf dem Bauch, und er massierte meinen Rücken mit kostbar duftendem Sonnenöl. Seine Finger bewegten sich zart und weich auf meiner Haut, wie die Finger eines Blinden, der seine Geliebte streichelt. Dann wurden die Finger hart und brutal wie ein Pflug, der in die Erde eindringt. Ich begriff.

Im Bett war ich betrunken und verwirrt. Es war kein Vergnügen, aber auch nicht unangenehm, anders als ich es mir vorgestellt hatte. Für diesen Reichtum, diese Popularität, diesen Ruhm und diesen Komfort im Leben war alles erlaubt. Das schlaffe, fette Fleisch von Nischan zitterte vor Vergnügen, als er sagte:

»Die Frauen können mir dieses Vergnügen nicht bieten, du wunderbarer Mann. Ich werde dich Sänger der Männlichkeit nennen. Bei den Männern fühle ich mich geborgen, bei den Frauen jedoch fremd. Es macht mir Spaß mit einem Mann, den ich kenne, zu schlafen. Mit ihm kann ich wenigstens reden und habe das Gefühl, daß er mich versteht. Die Frauen verstehe ich nicht, und sie verstehen mich nicht. Für mich ist es kein Unterschied, ob ich mit einer Frau oder einer Ziege schlafe. Aber mit einem Mann ist es etwas anderes.«

Ich spürte, daß er versuchte, sich zu rechtfertigen und bemitleidete ihn ein bißchen. Aber etwas in mir war zerbrochen. Ich fühlte, daß ich mich selbst nicht mehr besaß; ich hatte mich für immer an den Teufel verkauft.

Es donnerte wieder. Farahs Zigarette war ausgegangen, und er griff nach einer anderen. Dann entsann er sich, daß Nischan ihm das Rauchen verboten hatte. Die junge Frau zog sich an, ging zur Tür und drehte sich noch einmal um, damit er sie zurückriefe. Sie gab ihm zu verstehen, daß sie bereit sei, sich wieder auszuziehen und es noch einmal mit ihm zu versuchen. Aber er rief sie nicht zurück. Er ließ sie gehen. Und als sich die Tür hinter ihr schloß, wußte er, daß die Tür zwischen ihm und der Welt der Frauen ein für allemal zugeschlagen war.

»Ich werde die Statue stehlen!«

Das hatte Abu Mu'allah nach langer Selbstquälerei beschlossen. Die Statue zu stehlen, war nicht schwierig. Der Ausgrabungsort war voller Gold- und Silberschätze, die allmählich einer nach dem anderen abtransportiert werden mußten. Die Ton- und Marmorstücke hatte man in der Hütte, die von Abu Mu'allah bewacht wurde, aufbewahrt. Das Stehlen der Statue war wirklich nicht schwer. Schwer war es für Abu Mu'allah, sich zum Stehlen zu überreden. Er war bisher zufrieden gewesen mit dem, was das Schicksal ihm bescherte. Er verrichtete regelmäßig sein Gebet und war darum bemüht, in Ruhe und Frömmigkeit zu leben. Auch die Armut hatte ihm nichts ausgemacht, denn er glaubte, es sei selbstverständlich, daß die Menschen verschieden leben. Jetzt aber hatte er sich geändert. Seitdem das harte Leben ihn dazu gezwungen hatte, seine dritte Tochter als Dienstmädchen unterzubringen, war er verändert. Seitdem seine Füße den Palast von Al-Hazmia betreten hatten, wo er seine Tochter lassen mußte, nagte etwas an seinem Herzen, das es langsam zerriß. Als er vom Palastviertel in Al-Hazmia in sein Viertel zurückkam, meinte er, diese Gegend zum erstenmal zu sehen: Häuser aus Blech, durch deren Dächer im Winter der Regen tropfte und die schäbigen Möbel des einzigen Zimmers durchnäßte. Kein Wasser, keine Fenster, nur Fliegen, Armut, Kindergeschrei und das Fluchen der Frauen.

Es donnerte.

»Ich werde die Statue stehlen.«

Er wird die Statue stehlen und seine Tochter zurückholen. Warum sollte er auch die Statue dem Museum zurückgeben, wenn er damit das Elend seiner Tochter beenden konnte? Er erinnerte sich an die Vorträge des Ingenieurs, als er noch bei den Ausgrabungen arbeitete. Damals war er stark wie ein Pferd; er war noch nicht herzkrank. Der Ingenieur hatte gesagt: »Das ist die Vergangenheit eurer großen Heimat Libanon. Grabt sie mit Vorsicht aus und schützt sie vor Diebstahl und Zerstörung. Es ist eure Geschichte«.

Seine Heimat? Stets hatte er nur einen Ausweis besessen, in dem stand, daß seine Nationalität ungeklärt sei, und das, obwohl er in diesem Land geboren war und in diesem Land auch sterben würde. Seine Geschichte? Er kannte nur seine elende Gegenwart. Drei seiner Töchter dienten in den Palästen der Reichen, und der Lohn seiner Söhne reichte kaum für diese selbst.

»Ich werde die Statue stehlen.«

Die Statue hatte große Augen und einen aggressiven, furchterregenden, spöttischen Blick. Nadim Effendi, der stellvertretende Leiter des Ausgrabungsortes, hatte über sie gesagt:

»Das ist eine Rarität, sie ist mehr wert als alle goldenen Statuen, die wir an der Küste gefunden haben.«

Abu Mu'allah hatte erwartet, daß sie diese Statue ebenso schnell abtransportieren würden wie die anderen wertvollen Stücke. Aber Nadim Effendi vergaß sie plötzlich. Abu Mu'allah saß den ganzen Tag lang der Statue gegenüber. Sie starrte ihn mit spöttischem, herausforderndem Blick an. Er sprach mit ihr, erzählte ihr, wie er seine Tochter zum Palast in Al-Hazmia bringen mußte und wie er plötzlich diese Herzkrankheit bekommen hatte. Er erzählte ihr alles, was ihm geschehen war und was ihm gerade einfiel. Die Statue hörte aufmerksam zu, ohne ihn zu unterbrechen. Dann antwortete sie ihm; sie war irgendwie zornig und forderte ihn auf, etwas zu tun. Einmal fragte er sie direkt: »Was verlangst du von mir? Was soll ich tun?«

Die Statue antwortete:

»Ich verlange von dir das, was die wahren Stimmen in dir wollen. Höre ihnen zu! Nimm sie an! Ist das denn ein Leben, was du und deine Kinder da führen?«

Zwischen ihm und der Statue entwickelte sich eine geheime Beziehung. Morgens, wenn er eintrat, begrüßte er sie. Dann unterhielten sie sich über das Wetter. Einmal fragte Abu Mu'allah die Statue nach ihrer Geschichte. Als sie gerade anfangen wollte zu erzählen, kamen einige Arbeiter herein, und sie schwieg. Es ging am Ausgrabungsort ein Gerücht um, daß Abu Mu'allah mit sich selbst rede. Mehr als eine Person konnte bezeugen, daß sie ihn gehört hatte. Eines Tages kam jemand vorbei und unterbreitete ihm ein gutes Angebot. Er verlangte von Abu Mu'allah, die Statue zu stehlen, dafür bekäme er die traumhafte Summe von zehntausend libanesischen Lira. Trotzdem lehnte Abu Mu'allah es ab, die Statue zu stehlen. Sie war das einzige Wesen, das ihm zuhörte und ernsthaft mit ihm diskutierte. Der Mann gab jedoch nicht auf und sagte zu Abu Mu'allah: »Überlegen Sie es sich noch einmal. Übermorgen komme ich wieder vorbei. Sie sollen nur die Statue unter Ihrem Mantel nach Hause bringen. Das kostet Sie nichts, im Gegenteil, Sie werden dabei zehntausend Lira gewinnen. Reden Sie mit niemandem darüber, sonst ...«, und er gab ihm durch eine Bewegung, bei der ein Finger seinen Hals streifte, zu verstehen, was ihn dann erwartete. Abu Mu'allah hatte verstanden, und als Nadim Effendi kam, fragte er ihn ungeduldig:

»Wann bringen Sie die Statue endlich ins Museum? Diese Verantwortung macht mir Angst.«

»Ach, die Statue«, antwortete Nadim Effendi gleichgültig. »Die habe ich ganz vergessen. Ja, bald werden wir sie wegbringen. Die Angelegenheit braucht noch etwas Zeit und Organisation.«

Er wird die Statue stehlen. Diese Nacht wird er sie mitnehmen. Er wird sie stehlen!

Es donnerte. Er streckte die Hand nach der Statue aus und hatte Angst. Die Statue erschien ihm riesengroß, er selbst ganz klein. Und als er sie berührte und anhob, schlug sein Herz schneller, eine außergewöhnliche Kraft erfüllte ihn. Zum erstenmal in seinem Leben übertrat er ein Gesetz, tat er etwas Verbotenes. Er spürte eine unermeßliche Freude, die seinen ganzen Körper durchströmte, und eine große, grenzenlose Kraft. Die Statue blieb still und sagte nichts.

Aber ein furchterregender Strahl kam aus ihren Augen. Oder war es ein Blitz, der sich darin spiegelte? Er steckte sie in die Tasche und drückte sie überglücklich an seinen Körper, während alle Statuen im Raum erzitterten, schwankten und stöhnten. Nach wenigen Minuten fiel er zu Hause auf den Sitz. Etwas Weiches, Warmes beherrschte ihn. Er spürte, wie sein Herz immer schneller schlug; er fühlte sich lebendig und voller Energie; seit seinem Herzinfarkt hatte er sich nicht mehr so lebendig gefühlt. Auf dem Weg zu den Blechhütten war er voller Spannung und Aufregung gewesen. Lebt wohl, ihr Blechhütten! Von nun an wird er den breiten Weg des Glücks gehen. Er wird leben! Er wird noch einmal stehlen. Er wird alles probieren, bevor es zu spät ist; auch das Töten wird er probieren. Noch nie hat er einen Menschen getötet, aber er wird auch das kennenlernen. Er würde sein Leben dafür geben, um das überwältigende Gefühl, das ihn beim Ergreifen der Statue überkam, noch einmal erleben zu können. Es war, als schliefe er mit Belkis, der Königin von Saba, deren Geschichte er bei den Geschichtenerzählern gehört hatte. In der Blechhütte legte er sich hin, die Statue neben sich. Seine Frau und die Kinder waren bei den Nachbarn, die vor ein paar Tagen einen Fernseher gekauft hatten.

Wir im Blechhüttenviertel sind merkwürdig. Wir kaufen einen Fernseher, obwohl wir keine Toilette in der Hütte haben.

Er war dennoch froh, allein zu sein, bis der Mann kam, der die Statue mitnahm und die zehntausend Lira bezahlte. Die Statue starrte ihn jedoch noch immer herausfordernd und spöttisch an. Sein Herz raste, die Blicke der Statue machten ihm Angst. Er wünschte, daß der Mann bald käme und die Angelegenheit schnell erledigte. Als er sich aufrichten wollte, um die Statue zu bedecken, damit ihre Blicke ihn nicht mehr treffen konnten, war er unfähig, sich zu rühren. Der Strahl aus ihren Augen hatte ihn vollständig gelähmt. Entschuldigend sagte er zu ihr:

»Verzeihung! Du hast mich aufgefordert, etwas zu tun. Ich hatte keine andere Möglichkeit, etwas zu tun.«

Er sah, daß die Statue wuchs. Sie beugte sich herunter, bekam einen riesigen Körper und bewegte sich zornig auf ihn zu. Abu Mu'allah wollte schreien, aber seine Stimme versagte; sein Atem wurde schneller; sein krankes Herz raste. Die Statue griff mit ihren Fingern nach seinem Hals.

O Gott, sie will mich erwürgen, sie will mich töten!

Er konnte nicht schreien und um Hilfe rufen. Er merkte, wie die steinernen Finger seinen Hals umfaßten und wieder und wieder zudrückten. Er röchelte und röchelte, dann war es still.

Um Mu'allah betrat das Haus und fand ihren herzkranken Mann tot. Sie weinte verzweifelt und schrie so laut, daß die Nachbarn herbeieilten. Ihre kleinen Kinder fanden neben dem toten Vater eine merkwürdige Puppe aus Stein, die sie anlächelte. Sie trugen sie nach draußen und spielten mit ihr, bis sie müde waren. Dann landete die Puppe in einer Pfütze zwischen den Blechhütten.

Als Mu'allah von der Arbeit nach Hause kam, erfuhr er, daß sein Vater tot war, gestorben am Herzinfarkt, wie die meisten meinten. Er bemerkte am Hals des Vaters Spuren von Gewalt. Aber er erklärte es sich damit, daß sein Vater versucht hatte, die Knöpfe des Hemdes zu öffnen, als der Infarkt ihn überraschte. Er weinte bitterlich und sagte:

»Die Geduld mit der Armut hat ihn umgebracht.«

Dann schaltete er sein Schweißgerät an und richtete es auf die Blechdecke. Aber der Wind, der durch das Loch blies, löschte es. Er setzte sich hin und ließ die Hände herunterhängen, als wisse er nicht, wozu er sie gebrauchen solle. Seine Blicke wanderten durch das Loch in den Himmel, der ein dunkles, schwarzes Tuch war; nicht ein einziger Stern blinkte. Der Regen tropfte herein, und die Tropfen fielen auf die Leiche des Vaters, genau auf dessen Herz, ein Tropfen nach dem anderen, als verblute die Nacht.

Es regnete.

Yasmina lag auf einer Decke aus weißen Kaninchenfellen, neben sich die Schildkröte.

Nur die Schildkröte kann sich vor dem Schlachten retten. Sie sitzt auf dem Fell der abgeschlachteten Kaninchen. Das Kaninchen kann zwar schneller laufen, aber was hilft es, wenn jeder Schritt in den Ruin führt.?

Vielleicht hatte Yasmin deshalb beschlossen, Nimer gegenüber die Rolle der Schildkröte zu spielen. Sie war nicht mehr Yasmina, die Damaszenerin, die ihren Duft, ihre Freude und ihre Lieder ausstreute und glaubte, daß die Welt ihre Liebe mit Liebe aufnehmen würde. Diese Stadt wurde von anderen Gesetzen beherrscht und zerstörte jeden, der sich spontan verhielt. Wer wie das Kaninchen seinem Ziel entgegenlief, wurde getötet und bekam sein Fell abgezogen. Alles in dieser Stadt lehrte sie, Schildkröte zu sein: zu schweigen und die Gedanken und den Kopf zu verstecken.

Es regnete. Sie fühlte sich nackt im heftigen Regen, der sie wie mit Spießen schlug; allein gelassen mit ihrer Liebe und ihrer Schwäche; geschlagen wie eine Dämonin, die sich selbst zu ihrem Ende begleitet. Nimers Hochzeitstermin stand fest. Er hatte mit ihr nicht darüber gesprochen, aber sie hatte es in den Zeitungen gelesen. Es schien ihr, als wenn die Leute seiner sozialen Schicht Offenheit haßten. Alles in deren samtener Atmosphäre war wie ein Pokerspiel. Wer seine Karten offenlegte, verlor zuerst. Gefühle wurden durch ein allgemeines Tauziehen ersetzt, und die Liebesbeziehung war eine Beziehung zwischen zwei Menschen, von denen jeder in die Hand des anderen biß. Wer zuerst dabei schrie, verlor. Sie würde nicht zuerst schreien, sie würde nicht verlieren. Sie konnte ihn nicht verlieren und würde mit Schweigen kämpfen, um ihn zu behalten.

Es regnete, und die Musik von Carl Orff war wie ein Fluß voller Wahnsinn. Das Zimmer versank in einem Meer von Farben und in geheimnisvollem, hektischem Atmen. Die Schildkröte erhob sich von dem Kaninchenfell, zog den Panzer aus, stand nackt vor ihr und bewegte den Körper voller Glück. Sie tanzte und wurde durchsichtig. Sie flog durch den Raum und sang dazu, sie stieß gegen die Fenster auf der Suche nach einem Ausgang.

Es regnete. Er fuhr mit dem Auto zu ihr.

Liebe ich sie? Kann ich überhaupt lieben? Ich? Ich, Nimer, der Sohn von Fadel Al-Sikini? Soll ich etwa eine mittellose, junge Frau, die nicht einmal die Regeln der Höflichkeit kennt, heiraten? Sie kleidet sich ohne Geschmack, und sie hat mir ihren Körper gegeben, ohne mit mir verheiratet zu sein.

Liebe, Liebe! Das ist alles, worüber sie redet und wovon sie etwa versteht. Für mich gibt es eine sexuelle Beziehung, für die man manchmal den Begriff »Liebe« benutzen muß, um sie zu praktizieren. Aber es gibt auch eine eheliche Beziehung, die jedoch im Einklang mit der politischen und finanziellen Situation des Vaters stehen muß. Alle Huren, die ich beschlief, sprachen von Liebe. Dennoch: diese Frau besteht darauf. Vielleicht ist gerade das der Beweis dafür, daß sie lügt; vielleicht aber glaubt sie tatsächlich, mich zu lieben, und die Liebe existiert wirklich!

Wenn ich sie so völlig ablehne und wenn sie mich überhaupt nicht interessiert, warum kümmere ich mich dann um ihr Schicksal? Warum werfe ich sie nicht aus dem Haus und bin sie los? Liebe ich sie etwa? In ihrer Großzügigkeit nehme ich etwas wahr, das ich bei den Frauen meines Standes nicht kenne. Oder habe ich vielleicht Angst vor der Ehrlichkeit ihrer Liebe und davor, daß sie Selbstmord begehen und mich in einen Skandal verwickeln könnte?

Aber was soll der ganze Unsinn! Noch nie habe ich meine Zeit damit vergeudet, mir über Frauengeschichten den Kopf zu zerbrechen. Ich denke nur dann an Frauen, wenn sie bei mir sind und mich körperlich anziehen; sind sie fort, vergesse ich sie wieder. Ich habe anderes zu tun. Schon die Schwierigkeiten bei der Arbeit sind genug, allein, wenn ich an die Probleme denke, die durch den Fischer Mustafa entstanden sind. Seitdem dieser junge Mann zu den Fischern ging, sind die Probleme größer geworden. Die Fischer gehorchen nicht mehr einfach, sondern benutzen gefährliche Begriffe wie »Ehre«, »Recht« und »Gerechtigkeit«. – Liebe? Selbst wenn es Liebe ist, in meinem Leben gibt es für so etwas keinen Platz. Werde ich bei Yasmina weich und verstehe sie, dann muß ich Mustafa und die anderen auch verstehen. Dann verliere ich meinen Ruf, meinen Reichtum und meine Stellung. Nein, alles, was mich mit dieser Frau verbindet, ist die Tatsache, daß sie gut ist im Bett.

Es regnete. Er blieb bei Rot an der Ampel stehen. Ein kleiner Bettler, der trotz des Regens bettelte, kam auf ihn zu. Er störte ihn, und er fuhr bei Rot los.

In der Tat. Im Bett ist sie ausgezeichnet. Sie ist so ausgezeichnet, weil sie meinen Körper sehr liebt. Sie hat keinen Unterricht im Sex absolviert, sondern besitzt eine erstaunliche Intuition für den männlichen Körper, als wenn sie jahrelang Erfahrung hätte; sie beherrscht ihre Kunst wie eine Sklavin in den Palästen der Omayaden-Herrscher. Vielleicht liegt ihr das im Blut, vielleicht hat sie diese Fähigkeit geerbt durch das Blut der Mutter. Die damaszenischen Frauen wissen, wie sie sich mit dem Mann vergnügen und wie sie Vergnügen machen können. Ich werde sie nicht für immer verlassen, werde sie Nischan übergeben. Am Anfang meiner Ehe kann ich sie nicht sehen, denn ich muß Skandale vermeiden. Aber ich werde zu ihr zurückkommen. Verflucht sei dieser Nischan! Ich hoffe, es klappt mit ihm. Sie ist zutiefst verzweifelt. Ich hoffe, daß Nischans Reichtum sie beeindruckt, denn sie liebt das Geld sehr, obwohl sie immer von Liebe redet; aus Angst vor Armut wird sie sich allem beugen. Ich mache ihr daraus keinen Vorwurf, denn auch ich liebe das Geld. Warum sonst habe ich der Ehe mit der blöden Na'ela zugestimmt?

Als Nimer in seine Wohnung kam und Wärme suchte, verwunderte ihn, daß alle Fenster offen waren und der Wind hindurchzog. Yasmina stand am Fenster und hatte ein dünnes, weißes Kleid an. Sie sah aus wie ein Schmetterling, der bereit war loszufliegen. Ärgerlich fragte er sie:

»Was ist denn mit dir los?«

Sie antwortete mit einer merkwürdig verzauberten Stimme:

»Die Schildkröte ist weggeflogen.«

Er schrie sie an:

»Du bist wohl wahnsinnig geworden! Warum hast du die Schildkröte aus dem Fenster geworfen?«

»Ich habe sie nicht hinausgeworfen. Ich habe dir gesagt: sie ist weggeflogen! Sie hat ihre Flügel entdeckt und ist weggeflogen.«

Er wurde wütend und sagte:

»Zieh dir etwas an! Wir gehen heute abend zu Nischan. Vielleicht macht er aus dir einen Filmstar, wer weiß.«

Die geheime Wohnung »Garconiere« von Nischan war wie eine Muschel aus Alkohol, Musik, Geschrei und Wahnsinn. Alles zitterte und tanzte, auch die Beleuchtung. Jemand malte mit Farben und Fingern auf dem Körper einer nackten Frau; andere schrien und bejubelten die Bemalung. Eine Vase voller Champagner stand dort ebenso wie ein großes Glas, in dem eine nackte Frau schwamm. Eine schwarze, nackte Frau tanzte mit einer weißen Frau. Auch Männer waren dort, deren Bilder Yasmina in den Zeitungen gesehen hatte. Sie waren trotz des Lärms in Gespräche vertieft und schienen gleichgültig gegenüber all den nackten Frauen, die den Boden bedeckten wie das brackige Wasser die Straße.

Geschäft ist Geschäft, dachte Nimer. Die Arbeit kommt zuerst. Beim Wettlauf der Wölfe gibt es keinen Platz für Liebe und Barmherzigkeit. Wer Schwäche zeigt, wird vom Rest der Herde gefressen, die weiterrennt.

Er fühlte sich stark und hart, als er Yasmina Nischan vorstellte, obwohl er ein verborgenes Würgen in der Kehle nicht unterdrücken konnte. Er hielt es für Sodbrennen und beschloß, diese Nacht nicht soviel zu trinken. Nischan streckte ihm die Hand entgegen, und man sah den großen Diamantring glänzen, der Nischan als bedeutenden Geschäftsmann auswies. Nimers Hand lag in der seinen wie ein toter, glitschiger Frosch.

Yasmina erschrak. Zum ersten Mal nahm Nimer sie in die Welt der Nackten mit, statt sie für sich zu behalten. Das war das Ende! Sie beschloß, sich zurückzuziehen und sagte, sie wolle sich zurechtmachen. Als sie wegging, brachen die beiden Männer in ein gemeines Lachen aus. Nischan imitierte Nimer:

»Vielen Dank für deine plötzliche und unerwartete Einladung. Du kannst gut lügen! Beinahe hätte ich dir gesagt, daß der ganze Abend dazu organisiert wurde, die Ware zu übergeben – Entschuldigung: ich meine die Demoiselle. Drei Monate lang lief sie wie eine Gazelle in dein Bett und kam nicht zur Ruhe. Willkommen sei diese Demoiselle!« Und sie lachten weiter. Nimer fragte ein wenig stolz:

»Wie findest du sie?«

Verächtlich antwortete Nischan:

»Sie ist ein bißchen dick, und sie weiß nicht, wie sie sich kleiden und bewegen soll. Sie ist wie eine schöne Frau aus einfachen Verhältnissen, die ein Vermögen geerbt hat, der Schick und Eleganz jedoch fremd sind. Dieses tiefe Dekolleté verrät ihren schlechten Geschmack.«

»Aber ihre Brust ist schön und erregend.«

»Du weißt, daß mich ihre Brust überhaupt nicht interessiert. Frauen können mich sowieso nicht verführen. Was ich von ihr verlange, ist, daß sie mit mir und Farah in der Öffentlichkeit auftritt. Dazu muß sie nur lernen, sich geschickt anzuziehen; mir scheint allerdings, daß sie sich nur geschickt ausziehen kann, und das ist ein Dienst, den ich nicht von ihr verlange.«

Nimer fragte mit der Härte, die er gewöhnlich den Fischern gegenüber zeigte:

»Möchtest du sie haben oder soll ich nach einem anderen Freund suchen, dem ich diesen Dienst erweisen kann?«

Nischan antwortete mit ähnlicher Schärfe, und die beiden Männer verloren die Süße ihrer Seidenkrawatten und den Duft ihres Parfüms, während ihre Augen böse glänzten wie bei zwei Männern, die sich in einer Grube bekämpfen:

»Ich werde sie nehmen, aber nur unter einer Bedingung: Arrangiere es mit deinem künftigen Schwiegervater, Fadel Beik Al-Salmuni, daß ich den Wettbewerb gewinne. Eine Hand wäscht die andere. Deine Yasmina interessiert mich nicht. Trotzdem werde ich sie vorläufig zu meiner Geliebten erklären, aber nur nach außen hin, für meine Arbeit.«

»Ja, das ist schon klar. Nach der Hochzeit bringe ich als erstes das Geschäft für dich zustande.«

»Damit du sie dann zurückbekommst. Irgendwie möchtest du sie wiederhaben.«

Als Yasmina zurückkam, unterbrachen sie ihr Gespräch. Yasmina hatte ihre Lippen knallrot geschminkt. Als Nischan sie betrachtete, widerte es ihn an.

Wie häßlich die Frauen doch sind! Auf den Kissen hinterlassen sie rote Flecken und Khol-Spuren* und machen die Dekken auch sonst noch schmutzig. Der Mann ist schön und sauber und hinterläßt keinerlei Schmutz. Er ist das schönste und herrlichste Lebewesen auf der Welt. Aber die Arbeitsbedingungen verlangen von ihm, zu einer solchen Kuh freundlich zu sein. Was soll's, Geschäft ist Geschäft. Mit welchen Mitteln auch immer: ich werde mein Reich ausbauen.

Der Geruch von Yasminas Parfüm breitete sich aus und störte ihn:

»Dein Parfüm duftet wunderbar!«

Spontan nahm sie die Parfümflasche aus der Tasche und goß den Inhalt auf seine Hand. Er schreckte auf, als habe ihn eine Schlange gebissen. Diese kleine Kuh war noch nicht einmal in der Lage zu begreifen, wie sehr er seinen Körper liebte und pflegte. Parfüm brannte auf der Haut. Deshalb benutzte er keines, sondern lediglich Sprays, mit denen er auch nur seine Kleidung besprühte. Diese Demoiselle war überhaupt nicht sensibel, so, als seien ihre Sinne ständig gestört. Im Bett war sie vielleicht anders, aber das interessierte ihn nicht, stellte Farah doch all seine Gelüste zufrieden. Farah, mit seinem starken, bäuerlichen Körper.

Nimer fragte:

»Was macht euer Star, den eure PR-Firma aufgebaut hat?«

Nimer zuckte zusammen:

»Großartig! Seine erste Schallplatte hat Rekorde erzielt und seine Veranstaltung in der Bybloshalle phantastische Einnahmen gebracht. Er ist wie Teig in meinen Händen. Früher las er gern philosophische Texte; aber Krankheiten wie Denken und Empfindlichkeit habe ich ihm bald abgewöhnt.«

* Schwarze Augenschminke, die arabische Frauen seit Jahrhunderten verwenden.

Die »Zauberlampe« bahnte sich den Weg aufs Meer, und die Gischt wusch die Gesichter der Männer.

Mustafa wußte nicht, warum er schon während der ganzen Nacht einen heftigen Druck auf der Brust spürte. Er trauerte nicht mehr um die Fische im Meer. Die Beziehung zwischen ihm und den Lebewesen der Natur war zwar nicht zerbrochen, aber doch nicht mehr so wichtig. An ihrer Stelle entwickelten sich feste Bande zu der gequälten Kreatur »Fische der Erde«, zu den Menschen, die, wie sein Vater und er, in den Katakomben des harten Beiruter Lebens verlorengingen. Sie waren wie Fische, die man gezwungen hatte, in der Kanalisation zu schwimmen, und die sich nach Freiheit, Sonne und sauberem Wasser sehnten. Seit kurzem mußte er sich an dem Krieg gegen die Familien Al-Sikini, Al-Salmuni und ihresgleichen beteiligen, die ihnen das Brot vom Munde stahlen. Seine Ohren waren nicht mehr in der Lage, das Stöhnen der Fische im Netz zu hören, sondern nur noch das Stöhnen der Menschen in seiner Umgebung, sein eigenes Stöhnen und das Ächzen der Männer, die sich in das Meer, die Nacht und die Gefahr stürzten, während Nimer Al-Sikini und seinesgleichen in ihren Jachten ruhig schliefen.

Sein Vater war so ein großer, müde gewordener Fisch. Seit dem Morgen verdüsterten die Sorgen sein Gesicht. Das Blut, das er beim Husten spuckte, war nicht mehr rosa, sondern dunkelrot geworden. Seine Besessenheit von der Zauberlampe verwandelte sich in Wahnsinn, war er doch sicher, den Geist vor seiner Tür zu treffen. Mustafa versuchte vergeblich, ihn davon abzuhalten, diese Nacht mitzukommen. Doch er bestand darauf und nahm die verbotenen Dynamitstäbe mit. Er schien von Dämonen besessen und wahnsinnig. Was für eine Nacht! Zum erstenmal, nachdem er seine Finger verloren hatte, fischte er wieder mit Dynamit.

Mustafa betrachtete ihn und sah trotz der Dunkelheit, wie Schweiß sein Gesicht bedeckte; er glich einem Spieler, der alles einsetzt, was er besitzt. Er spielte mit dem Schicksal und mit dem Wind, er spielte Roulette mit dem Meer. Ja, sein Vater hatte ein Spielergesicht! Besonders in dieser

Nacht. Vielleicht kam es vom Fieber, vielleicht von etwas anderem.

Abu Mustafa sagte nichts. Es war die Nacht des Lebens und des Einsatzes des Lebens. Solange er denken konnte, hatte er sich eingebildet, der Geist in der Flasche sei nicht weit entfernt, war sicher gewesen, ihn eines Tages herauszufischen, so daß all seine Wünsche in Erfüllung gehen und er zufrieden und fröhlich leben würde. Heute, mehr als jemals zuvor, glaubte er sich der Lampe ganz nahe. Seit dem letzten Monat schon fühlte er sich ihr um so näher, je schlechter seine Lungen wurden, als würde ihn der Geist ständig begleiten.

Dreißig Jahre lang war er über die Wellen gestürmt, dreißig Jahre lang hatte er seine Netze ins Meer geworfen und mit den Händen deren Inhalt durchsucht, um die Zauberlampe zu finden. Das Treffen mit dem Geist war ihm als gewiß erschienen. Heute nun warf er die Netze aus und zündete die Lunte des Dynamits an, das ganze Paket auf einmal, und noch bevor ihn das Schreien seines Sohnes und der anderen Männer daran hindern konnten, sprang er ins Wasser, sein ganzer Körper ein Paket Dynamit, das die Lampe fischen wollte.

Die Explosion donnerte. Mustafa schrie, das Wasser schäumte auf und wurde wieder ruhig. Die Wellen färbten sich schwarz, und auf der Oberfläche schwamm eine zerfetzte Leiche zwischen zerrissenen Netzen. Die Männer holten die Netze ein und fischten die Leiche von Abu Mustafa wie einen ungewöhnlichen, blutigen Fisch. Im Netz fanden sich noch Kleiderreste und nicht identifizierbare zerbrochene Gegenstände. Mustafa glaubte, darunter Reste einer zerbrochenen Lampe zu sehen. Er bildete sich ein, daß eine Säule aus Rauch und Staub aus den Resten seines Vaters aufstieg, die sich in der kalten Dunkelheit auflöste wie der Rauch des verschwindenden Geistes. Er war sich dessen ziemlich sicher und schrie und sprach weinend mit der zerfetzten Leiche seines Vaters:

»Du hast nicht gewußt, wie du wieder aus der Zauberflasche herauskommen solltest! Was du gesucht hast, lag nicht in den Tiefen des Meeres, sondern in deinen eigenen Tiefen!«

Der Rechtsanwalt sagte zu Ta'an:

»Sie befinden sich in einer schwierigen Lage. Sie haben einen Mann, den Sie nicht kannten, ohne Grund getötet.«

»Ich habe ihn aus Notwehr getötet.«

»Aber er hatte keine Waffe bei sich!«

»Ich habe ihn getötet, weil er einer von ihnen war. Er wollte herausbekommen, wo ich mich verstecke, um mich umzubringen.«

»Aber es war ein ausländischer Tourist. Er hatte sich verlaufen und Sie nach dem Weg gefragt!«

»Unmöglich!«

»Im Krankenhaus vor seinem Tod sagte er, daß er Sie nach dem Weg gefragt habe und Sie ihm mit der Kugel geantwortet hätten.«

»Ach, ach, ach ...«

Ta'ans Kopf sank zwischen seine Hände. Es gelang den Rächern auf irgendeine Weise, ihn zu töten. Sie wollten ihn umbringen wegen eines Mannes, den er noch nie gesehen hatte; sie trieben ihn dazu, einen Mann zu töten, den er noch nie gesehen hatte, und jetzt brachten sie ihn an den Galgen, so daß er von einem Mann getötet würde, den er nie gesehen hatte.

Als Farah wach wurde, hörte er in seinem Innern eine Stimme, die ihm zurief: »Geh weg! Geh weg! Laß alles stehen und liegen und kehr zurück in dein Dorf! Geh weg!«

Er hatte trotz der Schlaftabletten schlecht geschlafen. Seitdem er nicht mehr beten und Frauen lieben konnte, schlief er nicht mehr durch. Er hörte Stimmen; sie klangen wie seine eigene Stimme und doch wieder anders. Er antwortete ihnen, obwohl Nischan ihn davor gewarnt hatte, mit sich selbst zu sprechen. Er konnte weder schlafen noch aufwachen und hatte das Gefühl, sich in einem ständigen Alptraum zu befinden; er fühlte sich unwirklich, zwar existent, aber nicht richtig lebendig. Es war kein Leben. Ihm fiel ein, daß er heute zum Friseur gehen mußte, um sich eine neue Perücke für seine neue Fernsehshow zu kaufen, dann zum Schneider und anschließend zum Restaurant Lukullus, um sich dort mit Nischan zu Mittag zu treffen. Danach würde er seine Beruhigungstabletten nehmen und etwas schlafen, denn er mußte für die Silvester-Revue ausgeschlafen sein. Als ihm das Programm für den Tag bewußt wurde, bedrückte ihn das so, daß er beschloß:

»Ich möchte auch diesen Tag nicht erleben.«

Er goß sich ein Glas Whisky ein, nahm zwei Schlaftabletten trank den Whisky in einem Zug aus anstelle des Glases Milch, das ihm der Kellner gebracht hatte. Dann ging er zu Bett mit der Absicht, bis zum nächsten Morgen zu schlafen.

Im luxuriösen Restaurant Lukullus saß Farah noch halb betäubt. Trotz der kalten Dusche, der Ohrfeigen von Nischan und der Aufputsch-Tablette, die er gerade genommen hatte, war ihm immer noch schwindelig.

Nischan hatte ihn wie einen kleinen Hund aus dem Bett gezerrt und ihm erklärt, daß er auf ihn gesetzt habe und ihm nun nicht mehr erlauben würde, sich aus dem Wettkampf zurückzuziehen. Er gab ihm noch eine Ohrfeige, dann einen Kuß, dann wieder eine Ohrfeige und einen Kuß und befahl ihm, sich anzuziehen; dann schleppte er ihn zum Restaurant, weil der Produzent seines ersten Filmes ihn sehen wollte.

Jetzt aß Farah das vorzügliche Essen, von dem er bisher nur gehört und geträumt hatte, aber es war ihm, als kaue er auf Stroh.

Die junge Frau, die mit ihnen am Tisch saß, schwieg. Nischan stellte sie vor:

»Mademoiselle Yasmina.«

Farah betrachtete sie aus trüben Augen. Es schien ihm, als habe er sie schon einmal gesehen. Aber wo? Er konnte sich nicht mehr entsinnen.

Sie sah ihn ebenfalls an und versuchte sich zu erinnern, wo sie ihn früher getroffen haben mochte. Sie war jedoch zerstreut, und ihre Gedanken kehrten immer wieder zu Nimer zurück: Wo war er jetzt? Bei wem? Wem schenkte er sein schönes Lächeln? War alles zu Ende? Mußte sie nun bei Nischan bleiben, der sie vielleicht an einen anderen Mann weiterreichen würde?

»Ich glaube, Mademoiselle Yasmina«, meinte Farah schließlich, »ich habe Sie schon einmal gesehen.«

»Ich glaube, ich habe Sie auch schon einmal gesehen«, entgegnete Yasmina und schaute aus dem Fenster, hinter dem man Beirut in der Ferne liegen sah. »Wie schön ist diese Stadt aus der Ferne!«

»Ja, schon, aus der Ferne«, flüsterte Farah.

Ihr Gespräch verstummte, nur Nischan und der Produzent redeten miteinander. Farah und Yasmina hörten schweigend und traurig zu, zwei Schmetterlinge, die sich am Licht verbrannt hatten. Sie entsannen sich nicht, daß sie vor Monaten in demselben Taxi nach Beirut gefahren waren. Sie waren zwei andere Menschen geworden.

Heute mußte sie sich entweder für Nischans Wohnung oder für die Armut entscheiden. Ängstlich lief sie in Nimers Appartement auf und ab; nichts machte ihr solche Angst wie die Armut. Sie hatte sich in den letzten Monaten an das angenehme Leben gewöhnt, mochte nicht mehr zu ihrem früheren ärmlichen Leben zurückkehren, nachdem sie einmal den Reiz der Jacht, der Ferienhäuser und des Kaviars kennengelernt hatte.

Das Wetter war schön, und die Sonne schien. Am Nachmittag ging sie spazieren, um sich selbst wiederzufinden, aber sie fand nur Furcht.

Furchterregend war der Anblick der Armen, die in den Abfällen nahe der Paläste in Al-Ramlah-Al-Baida herumhockten, furchterregend auch das Gedränge an der Corniche, wo die Menschen am Boden saßen, Kürbiskerne kauten und Musik aus den Transistorradios hörten, während die Kinder auf dem schmutzigen Bürgersteig spielten. Sie sah eine schwangere Frau hinter ihren beiden Kindern herlaufen. Der Mann saß indessen auf einem zerbrochenen Stuhl, betrachtete das Meer, ließ seinen Bauch herabhängen und rauchte seine Wasserpfeife. Das wäre noch das beste Schicksal, das sie zu erwarten hätte, würde sie einen Mann aus ihrer Schicht heiraten, dachte Yasmina. Nein, sie wollte keine Frau werden, die sich von Langeweile, Kindergeschrei und dem Schnarchen eines erschöpften Ehemanns nährte. Sie konnte ohne Erregung nicht leben, ohne das breite, mit Fell bedeckte Bett, ohne die spontanen Küsse im Sportwagen und ohne den Sex im Wasser durch die Öffnung der teuren Badehose hindurch.

Sie nahm ein Taxi und fuhr zurück zur Wohnung, das hieß zur Luxuswohnung von Nimer. Als sie auf der gegenüberliegenden Seite aus dem Taxi stieg und die Straße überquerte, wurde sie fast von einem vorbeirasenden Sportwagen überfahren, der anschließend ein Kind erfaßte und es weit durch die Luft schleuderte. Yasmina rannte weg, um nicht mitansehen zu müssen, was passiert war. Sie war nicht fähig, zu dem Kind zu gehen, das bewegungslos dalag und keinen Laut von sich gab. Auf dem Bürgersteig brach sie zusammen und weinte:

»Wie hart ist diese Stadt! Wie hart sind ihre Bewohner und ihre Autofahrer! Auch Nimer hat mich überfahren und dann allein gelassen.«

Jetzt mußte Yasmina entweder zu Nischan oder zu ihrem Bruder ziehen. Ihr blieb nur die Wahl, eine gescheiterte Geliebte oder eine erfolgreiche Prostituierte zu werden. Sie kauerte sich auf den Boden, schloß die Augen und versuchte, die Stimme in ihrem Innern zu erkennen.

Yasmina kehrte in die Wohnung ihres Bruders zurück, ohne einen Pfennig in der Tasche. Seit Wochen hatte sie von Nischan kein Geld mehr bekommen. Es war sein Plan, sie loszuwerden und jemandem anderen zu übergeben. Sie schämte sich, Nischan um Geld zu bitten.

Während der letzten Wochen hatte sie ihren Bruder vergessen, hatte den Kopf voller eigener Probleme gehabt und auch kein Geld, um ihrem Bruder davon abzugeben.

Sie öffnete die Wohnungstür und stieß gegen die Korbsessel. Die Wände waren ohne Samt und nicht einmal tapeziert, die Fußböden ohne Perserteppiche oder Teppichboden, so daß man sie mit nackten Füßen nicht betreten konnte. Sie war traurig über die Trennung von Nimer. Es war eine ehrliche Traurigkeit, eine klare, große Traurigkeit wie der Himmel über der Wüste. Es war die Traurigkeit eines Menschen, der sich von der ganzen Welt verraten sah, als er das Leben eigentlich noch vor sich hatte. Zum erstenmal begriff Yasmina, was es hieß, ohne Nimer zu leben. Sie hatte ihr Inneres, das voller Liebe zur Sonne war, entblößt und gegeben und gegeben, obwohl sie spürte, daß in dieser Stadt andere Dinge die Beziehungen beherrschten. Aber sie hatte sich nicht vorstellen können, daß Nimer sie verlassen würde, vereinigten sie sich doch zumindest in einem ehrlichen Moment und verschmolzen miteinander, was Yasmina glauben ließ, daß es genügen würde, um für immer zusammenzubleiben. Selbst in ihren letzten elenden Tagen hatte sie es noch nicht zu fassen vermocht, daß sie sich trennen würden. Im Nebel ihrer Trauer erschienen schattenhaft Fragen, die sie sich vorher nie gestellt hatte: Hätte ich einen anderen Mann vor Nimer kennengelernt, hätte man bereits in Damaskus meinem Körper erlaubt zu lieben, wäre ich dann so verloren wie jetzt? Was halfen jedoch all diese Fragen, wo sich die Trauer in ihren Sinnen ausbreitete wie ein Tintenfisch mit seinen Krakenarmen.

Sie fühlte sich allein und wartete auf ihren Bruder, der längst ihr einziger Freund hätte sein können. Als er hereinkam, freute sie sich. Er wurde jedoch wütend, und ihr fiel ein, daß sie ihm seit Wochen kein Geld gegeben hatte. Sie war ihm den Preis für sein Schweigen im Hinblick auf ihre Ehre schuldig geblieben. Er schrie sie an:

»Gut, daß du gekommen bist! Ich habe keinen Qirsch mehr in der Tasche!«

»Ich auch nicht!«

»Wie? Was ist mit Nimer Beik Al-Sikini?«

»Er heiratet!«

»Du unverschämte Lügnerin! Du arbeitest jetzt für dich allein! Du hast doch mehr als nur einen Mann!«

Er ging auf sie los, entriß ihr die Handtasche, wühlte darin herum, ohne etwas zu finden und schlug sie mehrmals heftig ins Gesicht.

»Wo ist das Geld, du Hure? Wo ist es?«

Blut rann über ihr Gesicht, und sie schlug reflexartig zurück, wie eine Tigerin. Als er ihre Hand auf seinem Gesicht fühlte, wurde er rasend vor Wut:

»Du Dreckige! Du schlägst mich auch noch? Ich bringe dich um!«

Sie wollte ihm sagen: Morgen werde ich bezahlen! Du brauchst nicht zu beweisen, daß du plötzlich die Ehre verteidigen willst! Aber ihr Mund war voller Blut, und bevor sie noch etwas sagen konnte, war das Messer in ihre Brust eingedrungen. Sie fühlte nichts als Erstaunen.

Nach einer halben Stunde erschien der Bruder auf dem nächsten Polizeirevier. Er trug einen mit Zeitung bedeckten Eimer. Als er dem Kommissar gegenüber saß, nahm er die Zeitung vom Eimer und hob den Kopf seiner Schwester heraus. Er blutete noch.

»Ich habe meine Schwester getötet, um meine Ehre zu retten. Ich möchte ein vollständiges Geständnis ablegen.«

Mit diesen Worten tat er den Kopf in den Eimer zurück und bedeckte ihn. Der Kommissar blickte erstaunt, während ein anderer Beamter das Protokoll schrieb und durchaus Verständnis für Yasminas Bruder zeigte. Der Kommissar hörte aufmerksam zu. Als der Name Nimer, Sohn des Parlamentsabgeordneten seines Wahlkreises, fiel, stand er auf und ging in ein Nebenzimmer, um zu telefonieren.

»Abu Nimer Beik, entschuldigen Sie bitte die Störung. Aber die Angelegenheit ist sehr ernst«, begann er das Gespräch und beendete es mit den Worten: »Jawohl, ich werde das Protokoll bei mir aufbewahren. Ich werde nichts an die Presse oder irgendeine andere Stelle weiterleiten. Ich schreibe mein Gutachten erst dann, wenn Sie hiergewesen sind. Jawohl, mein Herr, wie Sie wünschen, Fares Beik. Ich stehe Ihnen zu Diensten.«

Zwei Ohrfeigen.

»Ich bin Nimer Al-Sikini, du Hund. Wie konntest du nur behaupten, daß ich deine Ehre beschmutzt habe?«

»...«

»Das erste Protokoll wurde vernichtet. Sie werden dich noch einmal verhören, und du wirst noch einmal sagen, daß du um deiner Ehre willen getötet hast. Aber meinen Namen mußt du dabei völlig vergessen!«

»...«

»Die Obduktion der Leiche wird den Beweis erbringen, daß sie keine Jungfrau mehr war. Ich besorge dir den besten Rechtsanwalt in diesem Land. Sie werden dich nur zu ein paar Monaten Gefängnis verurteilen. In dieser Zeit wirst du meinen Namen vergessen und zwar nicht nur im Gerichtssaal, sondern auch im Gefängnis.«

»...«

»Du wirst nicht viel reden!«

»...«

»Von nun an betrachte ich dich als meinen Angestellten. Dein monatliches Gehalt wird dir ab heute gezahlt, solange du im Gefängnis bist, und wenn du das Gefängnis verläßt, dann bist du einer von meinen Männern. Wir brauchen immer Leute, die gut mit einem Messer umgehen können.«

»...«

»Wenn du nicht genau das tust, was ich dir gesagt habe, kommst du nicht einmal vor Gericht. Im Gefängnis wird es eine Schlägerei geben, bei der man dich ganz einfach aus Versehen umbringt. Du lebst schließlich nicht, um meinen Ruf zu schädigen. Und jetzt überlasse ich dir die Entscheidung.«

»...«

Zwei Ohrfeigen.

»Hast du dich entschieden?«

Zwei Ohrfeigen.

»Hast du dich entschieden?«

»Ja, ich bin dein Mann, o Beik. Ich habe mich entschieden. Ich werde deinen Namen vergessen.«

Yasminas Bruder brach in Tränen aus.

Ich bin gerade aufgewacht. Die Schlaftabletten wirken nicht mehr. Ich quäle mich ständig und spüre, daß zwei Personen in mir miteinander streiten.

Als Nischan kam, um mit mir auszugehen, wurde er wütend und brüllte:

»Farah, schau dich im Spiegel an!«

Er sagte, ich hätte Frauenkleider angezogen und mich mit Make-up von Frauen geschminkt. Ich hatte das aber nicht bemerkt – und wenn schon! Warum regte er sich darüber auf?

Er holte einen Arzt, und der Arzt stach eine Nadel in meine Vene. Ich tat, als schliefe ich, aber ich schlief nicht. Sie unterhielten sich über mich. Nischan war besorgt wegen meines verrückten Benehmens. Die Sorge in seiner Stimme freute mich sehr.

Aber ich konnte nicht schlafen. Ich verbrachte die ganze Nacht damit, die Ameisen zu töten, die aus meinem Kopfkissen hervorkrochen und mich fressen wollten.

Ich erlebte diese furchtbare Geschichte noch einmal. Es war kein Traum, wie sie meinten, es ist mir wirklich passiert:

Ich ging auf felsigem Boden. Plötzlich bewegte sich der Boden unter meinen Füßen und verwandelte sich in Sand – in eine Wanderdüne, die mich langsam verschluckte. Alles um mich herum war eine einzige Leere, aus der ein Schild herausragte, auf dem »Beirut« geschrieben stand. Ich schrie und schrie und konnte nicht mehr aufhören.

Gerade bin ich aufgewacht.

Meine Bilder sind gewöhnlich in vielen Zeitungen zu sehen. Der Sänger der Männlichkeit, Farah, hahaha! Ich habe jetzt Schwierigkeiten zu lesen; ich kann mich nicht mehr konzentrieren. Aber die meisten Geschichten über mich sind sowieso erfunden. Die Zeitungen sprechen von meinen zahlreichen Beziehungen zu Frauen, obwohl nichts davon wahr ist. Vielleicht hat Nischan das lanciert, oder aber es war doch so, und ich habe es vergessen. Ich bin vergeßlich geworden und sehe mir fast nur noch die Bilder, insbesondere meine Bilder, an.

Dennoch lese ich gerade, daß die Leiche einer Frau gefunden wurde, die ohne Kopf in ihrem Blut lag. Da ist auch ihr

Foto. Dieses Gesicht habe ich schon einmal gesehen. Aber wo? Ja, mit Nischan im Restaurant. Nein, vielleicht sieht sie ihr nur ähnlich, denn die Frau hier auf dem Bild wirkt schlanker und jünger. Ja, ich weiß, wo: im Taxi. Jetzt kann ich mich genau erinnern: im Taxi nach Beirut. An jenem Tag hatte ich eine lächerliche Idee: Ich wollte ihr einen Heiratsantrag machen, anschließend nach Damaskus zurückkehren, um zu heiraten, und Beirut bleiben lassen. Ja, wir haben uns im Taxi getroffen. Das war einmal. Nun versuche ich, die Nachricht genau zu lesen, aber die Buchstaben tanzen vor meinen Augen wie die Mücken. Die Schlagzeile sagt: eine junge Frau wurde ermordet. Ach ja, an jenem Tag im Taxi hat sie mir ihre Adresse gegeben. Ich gehe jetzt los, um ihren Leichenzug zu begleiten. Aber wo ist nur ihre Adresse geblieben?

Was habe ich bloß? Eigentlich sollte ich meine seidene Unterwäsche und mein Kleid anziehen oder auch diesen Slip und den durchsichtigen BH. Auf jeden Fall gehe ich jetzt und suche ihren Leichenzug – oder einen anderen, das bleibt sich gleich.

Man fühlte sich in dieser Arztpraxis wie in einem Raumschiff.

»Was ist denn los mit Ihnen, Nischan? Warum sind Sie so nervös?«

»Ich weiß nicht, was mit Farah geschehen ist, Herr Doktor! Er benimmt sich manchmal so merkwürdig. Er zieht Frauenkleider an und schminkt sich. Seit kurzem hat er ein merkwürdiges Hobby: Er läuft in jedem Leichenzug mit, ohne den Toten oder dessen Angehörige zu kennen. Er spricht mit Gegenständen, mit einem Tisch, einem Teller oder einem gegrillten Hähnchen. Ich mache mir Sorgen. In zwanzig Tagen soll er seinen Auftritt haben. Die Saalmiete ist bereits bezahlt und die Werbung seit einem Monat angelaufen. Alle Karten sind schon verkauft. Außerdem habe ich viel in diesen jungen Mann investiert, und mein Ruf steht auf dem Spiel. Was soll ich nur machen?«

»Keine Sorge! Die Medizin kann Wunder bewirken. Gefühle sind chemische Reaktionen. Für jedes Gefühl haben wir ein Medikament.«

»Manchmal weint er und sagt, er sei seelisch zerbrochen.«

»›Seelisch‹ gibt es nicht. Es gibt nur chemische Reaktionen. Ich verabreiche ihm ein paar Medikamente, die sicher die gewünschte Wirkung haben werden. Der Mensch ist wie ein Teig, den die moderne Medizin beliebig zurechtkneten kann. Sie sollten ihr vertrauen.«

Überall habe ich gesucht, aber ich konnte die Adresse dieser ermordeten jungen Frau, die mit mir im Taxi nach Beirut fuhr, nicht finden. Eigentlich müßte ich bei ihrem Leichenzug mitgehen. Irgendwie fühle ich mich verwitwet, denn ich hatte ja einmal – wenn auch nur für Minuten – überlegt, sie zu heiraten. Hat sie wohl einen Leichenzug bekommen, oder ist sie jetzt noch bei der Obduktion? Nein, sie bekommt bestimmt einen Leichenzug, und er soll groß und prunkvoll sein.

Ich ging auf die Straße, um sie zu suchen, und – merkwürdig – ich habe sie gleich gefunden. Dem Leichenzug voran schritten Fanfarenbläser, dann eine Gruppe von Kindern und Pfadfindern. Ihr Sarg wurde von einem schwarzen Wagen gefahren, sehr langsam und mit Blumenkränzen bedeckt. Hinter dem Sarg gingen viele Menschen. Ich lief mit ihnen und weinte bitterlich. Jemand fragte mich:

»Sind Sie der Sohn des großen, verstorbenen Emigranten?«

Beinahe hätte ich ihn geschlagen! Das war ihr Leichenzug, ihrer, die für Minuten in Gedanken meine Ehefrau war. Plötzlich verwandelte sich die Trauermusik in verrückten Jazz. Aus dem Sarg reckte sich eine Hand und begann, die Blumen herunterzuwerfen. Dann öffnete sich der Sarg, und sie erhob sich, ja, sie, meine Begleiterin nach Beirut! Sie stand im Sarg. Wie schön sie war und voller Energie und Leben! Sie fing an zu tanzen, aber niemand bemerkte es, weil sie alle tot waren. Sie zog ihre Kleider aus, Stück für Stück wie eine Striptease-Tänzerin und warf sie auf die Köpfe der Trauernden. Niemand außer mir bemerkte es. Alle hatten sie blaue Gesichter und gingen mit gesenkten Köpfen: eine Karawane von Toten. Sie tanzte in ihrem Sarg mit einer Kraft, die größer war als die des Meeres. Ich war sicher, die anderen würden in ihre Gräber steigen, sobald sie den Friedhof erreicht hatten, bevor sie anfingen zu stinken. Dann würden wir, sie und ich, gemeinsam fliehen. Ich mußte über die Dummheit dieser Toten, die sich einbildeten, eine Tote zu beerdigen, lachen. Sie sollten sie sehen, wie fröhlich sie tanzte! Ich lachte und lachte und klatschte zum Rhythmus ihres Tanzes.

Jemand schlug mich und warf mich aus der Trauergemeinde. Sie verschwand, und der Sarg war offen und leer.

Ich beschloß, daß ich eine Frau brauchte, die mich liebte und die ich liebte und die mir durch ihr Lachen und ihren lieblichen Anblick die Einsamkeit nehmen würde. Fifi fragte mich, als sie mich im Reitklub traf:

»Hallo, welches Sternzeichen hast du?«

»Ich weiß es nicht«, antwortete ich. »Ich kenne mein Sternzeichen nicht, aber ich kenne meinen Namen.«

Sie war klein und hübsch und hatte eine etwas rauhe Stimme.

»Dein Name interessiert mich nicht«, sagte sie und kaute auf ihrem Kaugummi herum. »Dein Sternzeichen möchte ich wissen. Ich muß wissen, ob es zu mir paßt, ob unsere Sternzeichen eine Beziehung zwischen uns erlauben.«

»Mein Sternzeichen ist Fisch«, log ich.

Da war sie sofort bereit, mit mir nach Hause zu gehen. Denn das Sternzeichen des Fisches war das beste Sternzeichen für sie. Sie konnte den Fische-Männern nicht widerstehen und wollte keine Zeit verlieren.

Ich holte erst einmal Luft. Dann überzeugte ich sie davon, daß ich noch bei Wimpy vorbeigehen mußte, um mich zu entschuldigen, weil ich dort eigentlich eine Verabredung hatte.

Ich fuhr mit ihr im Sportwagen. Der Lärm war ohrenbetäubend, eine Wolke von Gewalt, Haß und schwarzem Rauch. Ich erstickte beinahe daran. Sie sagte, der Lärm des Motors errege sie, nahm meine Hand und legte sie sich zwischen die Schenkel. Über meinem Kopf zerbrachen Gegenstände aus Kupfer. Ach, dieser Lärm war unerträglich! Wie gern hätte ich mich mit einer Frau, die vor lieblicher Scham erzitterte, auf ein Salatfeld niedergelegt! Sie stellte den Kassettenrecorder an und hörte eine Aufnahme von dem Lärm ihres Autos, stellte ihn sehr laut und drehte ihn schließlich bis zum Anschlag. Sie lachte, und ihre Zähne erschienen mir wie die eines Blutsaugers. Ich hatte Angst und weinte. Da hielt sie das Auto plötzlich an und betrachtete mich ganz genau:

»Dich auch? Erregt es dich auch, wenn der Motor läuft? Ach, wir beide werden ein wunderbares Paar! Ich liebe dich. Wie heißt du eigentlich?«

Im Café bestellte sie ein Glas Bloody Mary. Sie trank es in einem Zug aus und bekam wieder diesen harten, dämonischen Blick. Als das Glas leer war, nahm sie den Strohhalm, steckte ihn in meine Vene und begann, mein Blut auszusaugen. Sie saugte und saugte, bis mir schwindelig wurde und ich schrie:

»Nimm diesen Strohhalm aus meiner Vene, du Blutsaugerin! Glaubst du etwa, du kannst mich reinlegen, du Hure? Alles, was du willst, ist mein Blut. Ich werde dir drei Liter Blut aus der Blutbank kaufen, damit du mich in Ruhe läßt!«

Ich lief ihr davon und hörte, wie die Gäste im Café hinter mir herflüsterten: »Verrückt, verrückt!«

Dabei sind sie verrückt, dachte ich traurig. Sie sind blind und merken nicht, daß ihre Geliebten ihnen Strohhalme in die Venen stecken und ihr Blut aussaugen. Ich schrie, um sie darauf aufmerksam zu machen; aber sie lachten nur.

Merkwürdig, die Leute in dieser Stadt! Die Kellner warfen mich heraus, und ich ging weiter in die anderen Cafés, um die Leute dort zu warnen. Aber niemand nahm Notiz von mir. Einer der Gäste sagte:

»Ist das nicht der neue Star Farah?«

Die junge Frau neben ihm meinte:

»Das ist unmöglich, aber er sieht ihm ein bißchen ähnlich.«

Es gibt in mir keine zwei Personen mehr, die sich streiten; eine von ihnen ist gestorben, und somit ist die Angelegenheit erledigt. Nun trage ich dafür einen toten Mann in mir herum – oder einen beinahe toten, denn manchmal wacht er auf, und dann weinen wir zusammen.

Irgend etwas an Leichenzügen zieht mich an; warum ich sie suche, um mitzulaufen, weiß ich nicht. Heute sah ich einen merkwürdigen Leichenzug. Der Sarg war mit einem weißen Tuch bedeckt; die Menschen trugen weiße Kleider und tanzten; auch die Stimmen waren weiß, und alles glänzte im Sonnenlicht. Ich zog meine Kleider aus, um mitzutanzen. Sie schlugen mich, weil ich mich entkleidet hatte, und sagten, ich sei verrückt.

»Ich bin nackt geboren, und ich werde nackt begraben. Ich möchte nackt herumlaufen wie ein Fisch.«

Nischan holte mich aus dem Polizeirevier. Als ich draußen war, schien die Sonne nicht mehr.

Die Welt der Leichenzüge ist verblüffend interessant. Kein Zug ist wie der andere, und trotzdem sind sie sich alle ähnlich. Ein unsichtbarer Faden verbindet sie miteinander, ein Faden, den wir nicht sehen können, aber der uns sehr nahe ist.

Ich habe jetzt eine Freundin, mit der ich reden kann. Ich kaufte ihr eine Krone aus künstlichen Diamanten und ein Brauttuch. Sie setzte sich die Krone auf und band das Tuch darüber. Sie war wunderschön und bezaubernd. Als Nischan kam, fragte er mich bestürzt:

»Woher hast du diesen Schädel? Warum tust du ein Brauttuch darauf und eine Krone?«

Er wollte den Schädel aus dem Fenster werfen, aber ich versprach ihm, es selbst zu tun, und konnte ihn so retten.

Ich beachtete es nicht, wenn er mich wegen meines verrückten Benehmens, das meine Zukunft zerstören würde, ausschimpfte.

Nischan beschloß, ich sollte zu dem Perückenladen gehen, um eine passende Perücke für meinen neuen Film auszuwählen. Der Regieassistent, oder jemand ähnliches, begleitete mich. Ich war ruhig und nahm alle Anweisungen von Nischan hin, ohne zu widersprechen, damit ich reich und berühmt würde wie er. Merkwürdig war nur, daß die anderen davon nichts bemerkten.

Im Laden brachte mir der Verkäufer eine Kollektion von abgeschnittenen Menschenköpfen, die immer noch bluteten, und sagte:

»Wählen Sie das Haar, das Ihnen gefällt. Jeder kostet fünfzig Lira.«

Tränen bedeckten ihre Gesichter. Ihre Lippen bewegten sich, als wollten sie etwas sagen, aber sie brachten keinen Laut hervor, da die Kehlen durchgeschnitten waren. Mein Begleiter meinte:

»Probieren Sie mal!«

Er hob einen Kopf hoch; der war hohl. Man stülpte ihn mir über, und kalte Blutstropfen und geronnenes Blut bedeckten mein Gesicht. Ich schrie und wollte davonlaufen. Aber der Ladenbesitzer hielt mich fest und beharrte:

»Wenn Ihnen diese Köpfe nicht gefallen, dann sagen Sie uns doch, wonach Sie suchen. Wir besorgen Ihnen jeden Kopf. Gehen Sie auf die Straße und sagen Sie uns, welcher Kopf Ihnen gefällt, und Sie werden ihn bekommen. Jeder Kopf hat seinen Preis. Bei uns ist alles möglich.«

Er nahm ein langes Messer mit dünner Klinge, die in der Sonne glänzte, bereit, mir den Kopf irgend eines Vorübergehenden, dessen Haare mir gefielen, zu holen, um für mich eine Perücke daraus zu machen. Aber ich lief weg.

Im Restaurant verhandelte Nischan mit dem Produzenten über meinen Preis. An der Wand las ich einen englischen Spruch: »Der Fisch, den Sie heute essen, ist gestern noch geschwommen.« Ich fragte Nischan nach der Bedeutung dieses Spruches. Ärgerlich antwortete er: »Sie meinen, daß der Fisch frisch ist«, und wandte sich wieder dem Produzenten zu:

»Nur fünftausend Lira? Das soll wohl ein Scherz sein! In weniger als einem Monat hat er die gesamte Konkurrenz ausgeschaltet. Er ist der Star von morgen!«

Sie brachten mir den Fisch. Mir wurde schlecht bei dem Gedanken, daß er gestern noch lebendig im Meer geschwommen war. Jeder Bissen wird ein Verbrechen sein. Als sie mir den Fisch auf den Teller legten, bewegte er sich unter der Zitrone und der Petersilie, stand auf, lachte und betrachtete mich mit seinen großen, runden Augen, die keine Lider hatten:

»Willst du mich wirklich essen?«

»Ich weiß nicht.«

»Aber ich lebe doch noch?«

»Ich weiß nicht.«

»Ich bin glücklich und möchte noch leben. Und du?«

»Ich weiß nicht.«

»Nimmst du mich mit und bringst mich zurück ins Meer?«

»Ich weiß nicht.«

»Warum bist du so traurig wie ein gebackener Fisch in einem schmutzigen Ofen?«

»Ich weiß nicht.«

»Was machst du denn hier?«

»Ich weiß nicht.«

»Du siehst aus wie ein toter Fisch. Komm, leg dich an meiner Stelle hier auf den Teller.«

»Ich weiß nicht.«

»Dann füllen sie deinen Mund und deine Ohren mit Petersilie, bis sie dir aus der Nase wieder herauskommt. Danach legen sie dich auf einen großen, silbernen Teller, und Nischan bietet dich bei einem wichtigen Essen an. Möchtest du das?«

»Ich weiß nicht.«

»Bringst du mich zurück ins Meer?«
»Ich weiß nicht.«

Vor einer Polizeisperre blieb der Fahrer stehen. Der Polizist rief: »Ihre Personalausweise, Reisepässe!«

Ein riesengroßer Hund kam auf mich zu und begann, an mir herumzuschnüffeln, und schnaubte dabei entsetzlich. Ich erinnerte mich an die Hyänen in den Geschichten meiner Mutter. – Mutter, wo bist du jetzt, Mutter? Mein Dorf und alles, was es einst gab, wo seid ihr? Ich fühle mich wie eine fremde Person, die mich nicht kennt; ich erkenne mich selbst nicht wieder. – Der Polizist rief noch einmal grob: »Ihre Personalausweise.« Der Hund bellte, eine Welle von Härte und Lärm überflutete mich. Ich nahm meinen Personalausweis heraus und betrachtete ihn: Das Bild war zum Lachen, es war nicht mein Gesicht: Farah, nein, das war nicht mein Name. Das Papier hatte mit mir nichts zu tun. Ich zerriß den Ausweis. Sie verstanden das nicht und nahmen mich mit auf das Polizeirevier. Am nächsten Morgen holte mich Nischan heraus.

Ich erwachte und fand mich in einer Konservenbüchse wieder. Die Büchsenwände waren durchsichtig, und ich versuchte vergeblich, sie zu durchstoßen.

Nischan hatte mich in seiner Tasche mitgenommen, und ich war in der Büchse. Beinahe wäre ich erstickt! Er nahm mich aus der Tasche und stellte mich auf einen schönen Ledersitz. Noch nie im Leben hatte ich ein Kleidergeschäft wie dieses gesehen! Es war ausgestattet wie ein Palast: die Wände aus Marmor, die Teppiche so dick, daß die Füße in ihnen versanken, Spiegel, Leuchter und viele andere prunkvolle Gegenstände. Es schien mir, als sei jede Person in einer Konservenbüchse eingesperrt. Niemand hörte den anderen, und niemand berührte den anderen. Trotzdem sprachen alle gleichzeitig.

Die Schauspielerin war schön und halbnackt. Sie schlug an die Wände ihrer Büchse, sie schlug mit ihren Fäusten dagegen und schrie; der Regisseur schlug sie. Ich schloß die Augen und weinte heimlich in meiner Büchse:

»Ich kann den Tod der Zärtlichkeit nicht ertragen!«

Stunden vergingen, bis Nischan mir sagte:

»Ich wollte dir zeigen, wie die Arbeit beim Film aussieht, damit du genau weißt, was sich dort abspielt, wenn du demnächst zum erstenmal vor der Kamera stehst.«

Sie hörten auf zu filmen und ließen die unerträglichen Scheinwerfer auf mein Gesicht gerichtet. Die Schatten um meinen Standort herum wirkten hart und unmenschlich.

Die meisten Filmleute verließen den Ort. Man hörte leises Knallen, dann wurde Champagner serviert. Ich trank viel. Danach wurden wir alle zu einem Haufen aus nacktem Fleisch, zu einem höllischen Tintenfisch, der seine nackten Arme und Beine stöhnend bewegte. Wir wälzten uns hin und her auf heißen Objekten und auf metallenen Maschinen, die scharf wie Messer waren. Das Gesicht von Nischan war neben meinem Gesicht. Ich öffnete die Augen und starrte ihn an. Er hatte nur noch ein Auge mitten auf der Stirn wie ein Ungeheuer aus der Legende. Wir waren alle zusammen in einer Büchse, in einer Sardinenbüchse, gefüllt mit verfaulten Leibern. Ich versuchte herauszukommen. Ich schrie:

»Das ist Sodom und Gomorrha in der Dose!«

Ich öffnete die Augen. Die Wände waren weiß, die Möbel fast weiß. Ich lag im Bett. Vor mir stand eine Frau in Schwesternkleidung. Ein Gummischlauch verband meinen Arm mit dem Serum. »Nervenzusammenbruch«, flüsterte eine Stimme. Das hieß, ich befand mich im Krankenhaus! Was ist passiert? Was haben sie mit mir gemacht?

Die Krankenschwester betrachtete mich. Sie trug eine weiße Haube auf ihrem Wildschweinkopf. Alle Krankenschwestern hier hatten den Kopf eines Wildschweins oder eines Schakals. Dann kam der Arzt und setzte sich das

Abhörgerät auf seine großen Ohren, Elefantenohren, denn er hatte einen Kopf wie ein Elefant.

Ich begann, mich zu erinnern: Ich saß im Auto, und wir stießen gegen irgend etwas. Als ich aufwachte, blutete ich und weinte, und jedes Glied meines Körpers tat mir weh. Ein Mann schrie: »Ich kann ihn nicht aufnehmen! Er hat kein Geld in der Tasche, und wir wissen nichts über ihn.«

Sein Gesicht beugte sich über meines, und er fragte: »Wie heißen Sie, wie heißen Sie?«

Ich dachte, er sei der Arzt und wollte ihn anflehen und bitten, aber meine Stimme versagte. Er flüsterte mir ins Ohr: »Haben Sie Geld?«

»...«

»Wenn Sie kein Geld haben, lasse ich Sie bluten, bis Sie tot sind.«

Hast du einen Qirsch, dann bist du einen Qirsch wert, ging es mir merkwürdigerweise durch den Kopf.

»Geld, Geld! Verstehen Sie?«

Mit diesen Worten zog er einen großen Geldschein aus der Tasche und schnitt mir damit die Augen auf. Dann erschien das Gesicht von Nischan.

Eine Krankenschwester schritt forsch herein, auf den Hüften ein Gefäß balancierend. Als sie zu mir kam, bemerkte ich, daß es eine Flasche Whisky war. Sie hängte die Flasche an den Ständer, und der Whisky floß in mein Blut, Tropfen für Tropfen. Alle lachten gleichgültig und begannen zu singen und zu tanzen. Ein Arzt schleuderte seine Scheren und Messer in die Luft; Ärzte und Schwestern warfen sich die amputierten Gliedmaßen der Patienten zu. Ich schrie und versuchte, die Kanüle aus meiner Hand zu ziehen. Aber sie banden meine Hände mit dem Darm eines Mannes am Bett fest, und ich konnte mich nicht mehr bewegen. Es stank bestialisch. Bevor ich ohnmächtig wurde, sah ich noch, wie sich ein Arzt mit einer Krankenschwester auf dem Operationstisch vergnügte.

Im Auktionsraum stellten sie mich auf einen großen Tisch. Um mich herum standen alte Männer und Frauen, die mich abschätzend begutachteten. Ihre Garderobe zeugte von Reichtum: Handschuhe, Juwelen, lange Zigarettenspitzen aus Elfenbein und mit Diamanten besetzte Brillen, die weit vorne auf der Nase saßen. Nischan rief:

»Ein Bräutigam für eine Katze zu verkaufen. Wer sucht einen Bräutigam für die Katze seiner Tochter? Wer möchte diesen Bräutigam erwerben, der aus einem syrischen Dorf importiert wurde? Er ist noch jung, hat eine schöne Stimme und eine sichere Zukunft.«

Ich war nicht völlig nackt. Mein Gesicht wurde von dem perlenverzierten Schleier einer Sklavin halb bedeckt, und um meine Hüfte hing ein blauer, durchsichtiger Seidenschal. Nischan rief fröhlich: »Zum ersten, zum zweiten, verkauft.« Ich gehörte nun dem Emigranten Alwan Beik Alwan.

»Ich gratuliere dir«, flüsterte Nischan mir ins Ohr. »Diese Ehe wird deinen künstlerischen Erfolg noch steigern. Der Vater ist reich und bekannt. Sei vernünftig!

Eigentlich müßte ich ein verheirateter Mann sein und die Frau im Bett neben mir meine Frau. Eigentlich müßte ich jetzt ...

Aber ich hatte überhaupt keine Lust. Dennoch faßte ich im Dunkeln ihren schweren Arm und spürte, wie er sich in meiner Hand von ihrem Körper löste. Ich warf den losen Arm aus dem Bett und nahm den zweiten Arm. Doch auch er löste sich ab, und ich warf ihn ebenfalls hinaus. Dann berührte ich ihren Kopf, denn ich bemühte mich immer noch, meine Braut zu nehmen. Aber auch er ging ab. Ich nahm ihn in die Hand – er blutete nicht – und warf ihn auf den Boden. Als er herunterfiel, gab es einen hohlen Ton wie von einem leeren Behälter. Nun faßte ich ihr Bein, zog es versehentlich aus ihrem Körper und warf es weg. Mit ihrem zweiten Bein passierte mir dasselbe. Am Rumpf suchte ich nach ihrem Busen. Er hatte keine Warzen. Ich wollte ihre Geschlechtsorgane berühren und fand keine.

Da es nun nichts mehr gab, was ich hätte tun können, schlief ich ein. Am frühen Morgen, als ich aufwachte, war ich allein im Zimmer, und die Teile der Braut lagen verstreut um das Bett herum. Nachdem es richtig hell geworden war, bemerkte ich, daß ich eine Schaufensterpuppe für meine Braut gehalten hatte.

Warum nur wurde Nischan so wütend, als ich vor ihr davonlief?

Am Abend meines großen Auftritts als Sänger füllten die Menschen Sitze, Wände und Decken. Ein Conférencier stellte mich mit traumhaften Ankündigungen vor. Nach großer Überwindung, voller Anspannung, Ratlosigkeit und Verwirrung trat ich auf die Bühne und begann, hingebungsvoll zu singen, aber das Publikum fing an zu lachen. Ich sang, und das Publikum lachte. Dann hörten die Musiker zu spielen auf und gingen, während Nischan sich mit den Fäusten gegen die Stirn schlug. Sie sagten, ich hätte wie ein geprügelter Hund geheult, hätte nicht ein einziges Wort gesungen, sondern nur geheult und gebellt. Ich schwor ihnen, daß ich gesungen hatte, aber niemand glaubte mir. Sie lieferten mich ins Krankenhaus ein und erklärten mich für verrückt.

Es ist kalt, und die Kälte geht mir bis auf die Knochen. Dieser lange Winter will kein Ende nehmen. Seit wann ich in meinem Versteck sitze, weiß ich nicht. Ich weiß nur, daß sie überall nach mir suchen und mich verprügeln würden, wenn sie mich fänden. Sie würden dich verprügeln, du armer Farah, würden sich mit ihren Zähnen in deinem Herzen festbeißen, und du würdest schnaufen wie ein Hase. Sie würden dich wieder ins Krankenhaus einliefern, dir ein weißes Hemd überziehen, und du würdest weinen.

Sie werden meinen Kopf mit kaltem Wasser bespritzen, werden mich zur Folter in einem schmutzigen Bett festbinden und auf meinem Kopf eine metallene Kappe mit vielen elektrischen Kabeln anbringen, um Strom durch mein Gehirn zu schicken. Sie werden mir auch verbieten zu singen. Nein, dieses Mal nehmen sie mich nicht mit!

Ich schwöre: Nicht ich bin verrückt, sondern sie sind verrückt! Aber niemand will mir glauben. Ich schwöre, daß meine Alpträume real und wirklich sind. Allen anderen könnte das ebenso passieren. Sie denken nur nicht daran, weil sie ständig mit Kleinigkeiten beschäftigt sind; daher glauben sie mir nicht.

Es ist kalt. Es ist kalt. Die Kälte geht mir bis auf die Knochen. Ich sitze in meinem Versteck und warte, bis es dunkel wird. Dann flüchte ich in mein Dorf; was noch von mir übrig ist, geht nach Douma zurück. Ich weiß, daß es nicht wieder so sein wird, wie es einmal war. Aber ich werde dennoch fliehen und in den Schoß meiner Mutter, zur Mutter Erde, zurückkehren. Ich muß mich nur weiter verstekken. Vor meinen Alpträumen brauche ich keine Angst mehr zu haben. Die Flucht verlangt allerdings größte Vorsicht, denn Nischan will sich bestimmt an mir rächen, und er hat durch seinen Einfluß und sein Geld alle Mittel dazu. Er möchte, daß sie mich in der Psychiatrie festhalten, möchte nicht, daß ich gesund werde, sondern will mich quälen und sich rächen. Eigentlich ist er der Kranke, weil er sich an sein krankes Milieu angepaßt hat. Ich dagegen bin ganz gesund, denn warum sonst habe ich das Verrücktsein nicht bereits in der ersten Runde aufgegeben?

Ach ja! Als ich nach Beirut kam, war ich großartiger als die Nacht; das Meer war mir als Bett zu klein; das Himmelszelt mit seinen Sternen konnte meine Ziele nicht fassen; alle Frauen Beiruts waren mir zu wenig; alle Restaurants von Beirut konnten meinen Hunger nicht stillen, alle Zeitungen meinen Wissensdurst nicht löschen. Ach, wie fern bin ich nun mir selbst, wie aufgelöst! Und jetzt, in meinem armseligen Versteck, versuche ich, mich wieder zu sammeln.

Beirut hat mich verstoßen und wie eine leere Muschel an seinen Strand gespült. Nun höre ich eine Stimme in mir weinen, eine Stimme wie aus einer Muschel. Ach Beirut, warum ... warum?

Nachdem ich aus dem Krankenhaus geflohen war, stahl ich als erstes die Tafel am Eingang, auf der »Irrenanstalt« stand. Ich brachte sie zum Ortseingang der Stadt, entfernte das Ortsschild von Beirut und ersetzte es durch das Schild »Irrenanstalt«. Ich prustete vor Lachen, als ich »Irrenanstalt« las. Dahinter lag das morgendliche Beirut wie die Innereien eines wilden, angriffslustigen Höllentiers; so schnell ich konnte, lief ich in mein Versteck zurück.

»In unseren Ländern gibt es eine goldene Regel: je weniger sie es schaffen, die Frau literarisch zu töten oder zum Schweigen zu bringen, desto mehr wird sie geachtet. Es geschieht mit ihr etwas Ähnliches wie mit den Kindern von Sparta, die man nach ihrer Geburt in einem Weinfaß untertauchte; dann überlebten die Starken, und die Schwachen starben. Aber geschieht das nicht überall mit den Frauen und auch mit den Männern?«*

Ghada Samman überlebte den Kampf um ihre literarische Anerkennung. Heute zählt sie zu den bedeutendsten Autoren und Autorinnen in der arabischen Welt und gehört neben Nagib Mahfuz zu den meist gelesenen arabischen Schriftstellern.

1942 in Damaskus geboren, wurde Ghada Samman als Einzelkind von ihrem Vater aufgezogen, da die Mutter starb, als sie noch ein kleines Kind war. Der Vater – Universitätsprofessor und Präsident der juristischen Fakultät der Universität von Damaskus und späterer Kultusminister von Syrien – ermunterte seine Tochter dazu, arabische und französische Literatur zu lesen, und bestand außerdem darauf, daß sie studierte. So studierte sie Anglistik in Damaskus, an der Amerikanischen Universität in Beirut und anschließend in London. Sie arbeitete als Universitätsdozentin, als Redakteurin und Autorin bei Presse und Rundfunk sowie als Übersetzerin. Ab 1964 lebte sie als freie Schriftstellerin in Beirut und gründete 1967 einen eigenen Verlag, um ihre Bücher zu verlegen. Ihr Werk umfaßt inzwischen etwa dreißig Bände, zumeist Erzählungen. Ihre Bücher wurden schnell erfolgreich und in mehrere Sprachen übersetzt, während auf deutsch bisher nur der Roman ›Alptraum in Beirut‹ und vier Erzählungen in verschiedenen Anthologien erschienen. Ghada Samman lebt zur Zeit in Paris.

* Alle Zitate, die nicht gesondert gekennzeichnet sind, stammen aus einem unveröffentlichten Interview mit der Autorin.

Eines ihrer Hauptanliegen ist die Lage der arabischen Frau. Sie kritisiert in ihrem Werk vor allem die gesellschaftlichen Strukturen, die die Bewegungsfreiheit der Frau einschränken, sie unterdrücken und ihr so die Möglichkeit nehmen, eigene Erfahrungen zu machen und sich auf diese Weise einen Platz in der Welt zu erobern. Obwohl sie das Verhalten der Männer den Frauen gegenüber als unannehmbar und oft rücksichtslos darstellt, beschuldigt sie sie dennoch nicht, die Hauptschuldigen an der Unterdrückung der Frau zu sein. Vielmehr sind auch sie Opfer der durch die Gesellschaft gegebenen Rollenverhältnisse.

Ghada Samman griff Themen wie Liebe und Sexualität zu einem Zeitpunkt auf, als es in den arabischen Gesellschaften, selbst in der von Männern beherrschten Literaturöffentlichkeit, noch verpönt war, in dieser Offenheit und Direktheit über jene tabuisierten Bereiche des Lebens zu schreiben. Sie äußert sich zu diesen Themen derart deutlich, daß selbst europäische Leser oft überrascht sind. In der arabischen Welt kommt erschwerend hinzu, daß das Lesepublikum häufig nicht zwischen Fiktion und Realität trennt, sondern Lesen als einen Prozeß der Identifikation mit der Person des Autors erfährt. Daher ist es von einer Autorin wie Ghada Samman schockiert, glaubt es doch, sie beschreibe ihre eigenen Erfahrungen.

Ghada Samman hatte schon früh begriffen, was es bedeutet, in einer orientalischen Gesellschaft als Frau, besonders aber als Schriftstellerin zu leben. Trotzdem nahm sie diese Herausforderung an: »Ich bin eine Araberin, die zweitausend Jahre alt ist. In meinem Blut trage ich die Qualen all meiner weiblichen Vorfahren. Man hat versucht, mich in der Wüste bei lebendigem Leib zu begraben (das heißt, mich wie ein neugeborenes Mädchen lebendig im Sand zu verscharren, wie sie es früher gemacht haben). Und das mehrmals! Aber jedesmal bin ich aus der Asche wieder auferstanden. Ich bin in der Tat eine Feministin. Jede arabische Frau kann nur Feministin sein. Anfangs schrieb ich Artikel zur Verteidigung der Emanzipation der Frau; das war noch vor der Veröffentlichung meiner Erzählungen. Eine religiöse Vereinigung verfaßte einmal ein Flugblatt gegen mich.

Ohne den Einfluß meines Vaters, der mich in Schutz nahm, hätten sie mich zum Schweigen gebracht. Mein Vater war jedoch ein aufgeschlossener Mann. Er hatte in Frankreich studiert und war der erste Universitätspräsident in Syrien, der eine Frau als Professorin an die Syrische Universität von Damaskus berief ...«

Obwohl sie eine engagierte Kämpferin für die Rechte der Frau ist, lehnt sie dennoch den Begriff »Frauenliteratur« kategorisch ab. Für sie bedeutet dieser Begriff eine Abwertung der von Frauen verfaßten Literatur, den sie auf gar keinen Fall auf ihr Werk angewandt wissen will. »Ich lehne den Begriff ›Frauenliteratur‹ ab, weil ich der Überzeugung bin, daß der Frau nichts fehlt, um gute Bücher zu schreiben. Und wenn darin frauenspezifische Themen vorkommen, dann nur als Teil des Ganzen ... Wenn ich die Bezeichnung ›Frauenliteratur‹ ablehne, so bedeutet das jedoch nicht, daß ich mich von den Angelegenheiten der Frau distanziere, sondern ich bin vielmehr der Überzeugung, daß die Frauen nicht weniger schöpferisch und begabt sind als die Männer. Das hat die Geschichte zur Genüge bewiesen. Die Frau besitzt sogar Fähigkeiten, die über die des Mannes hinausgehen, zum Beispiel die der Mutterschaft und was an menschlichen Qualitäten dazugehört. Aber ich setze auch meinen eigenen Akzent: für mich ist die Emanzipation der Frau in der Dritten Welt keine reine Frauenangelegenheit, sondern eine nationale und menschliche Aufgabe. Die Männer der Sippe müssen davon überzeugt werden. Ich bin stolz darauf, daß mein Wort auch bei den Männern und nicht nur bei den Frauen Gehör gefunden hat ...«

Zugespitzt sagt Ghada Samman zu dem Thema weibliche Literatur: Die Frage nach dem Geschlecht der Literatur erinnere sie an die übliche Frage nach einer Geburt: » ›Mädchen oder Junge?‹ Und an die Trauer, wenn ein Mädchen geboren wird, und die Freude, wenn ein Junge zur Welt kommt.« (aus: ›Die Sippe verhört die Ermordete‹, Beirut 1981).

Hier unterscheidet sich die feministische Position einer engagierten Schriftstellerin der Dritten Welt deutlich von der vieler feministischer Schriftstellerinnen in der westlichen Welt, die immer wieder eine zumindest vorläufige gesellschaftliche wie auch literarische Abgrenzung der Frauen von den Männern fordern.

Diese Haltung wird in Ghada Sammans Werk sehr deutlich. Das Leiden der Frauen wirkt nie konstruiert, gründet sich selten auf einen komplizierten Charakter der jeweiligen Frau und enthält kaum jemals Haß auf die Männer. Es stellt sich vielmehr als ein fast natürliches, selbstverständliches Leiden dar. Es geht uns nahe; wir spüren es, auch wenn wir keine Frauen sind.

›Mit dem Taxi nach Beirut‹ (Originaltitel ›Beirut 75‹) veröffentlichte Ghada Samman Ende 1974. Anfang 1975 begann der Bürgerkrieg im Libanon, und es ist erstaunlich, wie viele Hinweise auf den herannahenden Krieg der Roman enthält. Er war eine Warnung vor dem, was noch kommen sollte. So läßt Ghada Samman zum Beispiel eine Wahrsagerin sagen: »Ich sehe große Trauer voraus. Ich sehe Blut, viel Blut.«

Dieser Roman stellt ihre erste große Prosaarbeit dar. Sofort nach seinem Erscheinen wurde er zum Bestseller und wurde von der Literaturkritik überall in der arabischen Welt hoch gelobt.

Fünf einander unbekannte Menschen treffen sich in einem Sammeltaxi von Damaskus nach Beirut. Jeder verbindet mit Beirut seine eigenen Träume und Ziele. Beirut erscheint ihnen wie eine verzauberte Stadt, wie ein magischer Ring: sie brauchen ihn nur zu reiben, und schon erfüllen sich ihnen alle Wünsche. Es sind fünf Menschen, die sich erinnern, lachen, weinen und träumen, die nach Liebe suchen und sich ihre sexuellen Wünsche hemmungslos erfüllen. In ihr pralles, von Sehnsüchten und Träumen erfülltes Leben brechen fast überall Katastrophen herein – kennzeichnend für Beirut auch schon vor dem Bürgerkrieg. Beirut steht hier aber nicht nur für sich selbst, sondern auch für jede Großstadt mit ihrer magnetischen Anziehungskraft und den tödlichen Gefahren für die in ihr lebenden Menschen, die sich außergewöhnliche Freiheiten erobern, sich in diesem Labyrinth aber auch hoffnungslos verirren.

Obwohl ›Mit dem Taxi nach Beirut‹ kein Frauenroman ist, spielen dennoch Frauenschicksale eine besondere Rolle.

Die Frauen erscheinen entweder als passive, dem Schicksal ergebene Menschen oder als aktive Personen, die fast zwangsläufig in die Vereinzelung geraten, was ihre Situation weiter erschwert, – so wie Yasmina, die in die Fallen der Männer gerät und schließlich nach den Gesetzen der orientalischen Männergesellschaft den Tod verdient. Beirut, diese – einstmals – glänzende, prachtvolle und vielgesichtige Stadt, die Männer und Frauen gleichermaßen in ihren Bann zieht, führt jedoch nicht nur bei den wenigen Frauen, die – wie Yasmina – ihren eigenen, unabhängigen Weg suchen, zur Vereinsamung: Fast alle Menschen, die in diese Metropole gelangen, haben ihre – zumeist ländliche – Heimat verlassen und damit verloren und sind nun in der Gefahr, entwurzelt zu werden und ihren Weg zu verlieren.

Suleman Taufiq

dtv drei kontinente

Gioconda Belli: In der Farbe des Morgens (11565)
J. M. Coetzee: Im Herzen des Landes (11566)
Bessie Head: Die Schatzsammlerin (11639)
Nâzim Hikmet: Die Luft ist schwer wie Blei (11570)
Ruth Prawer Jhabvala: Eine Witwe mit Geld (11569)
Yasunari Kawabata: Handtellergeschichten (11621)
Alifa Rifaat: Erste Liebe – letzte Liebe (11586)
João Guimarães Rosa: Grande Sertão (11598)
Nawal El Saadawi: Hamidas Geschichte (11571)
Ghada Samman: Alptraum in Beirut (11567)
Mit dem Taxi nach Beirut (11646)
José Mauro de Vasconcelos: Meine Brüder, der Wind und das Meer (11572)

Drei Kontinente. Ein Lesebuch aus Lateinamerika, Asien, Afrika und der arabischen Welt (11568)

11568
Erzählungen, Reportagen, Gedichte von Menschen aller Rassen und Religionen aus Lateinamerika, Afrika, Asien und der arabischen Welt.

11569
Von europäischen Selbstverwirklichungs-Touristinnen, von missionarisch angehauchten Wohlfahrtsclub-Memsahibs und natürlich vom Kampf der indischen Frauen gegen die Fesseln der Konvention.

11570 (Sept. '92)
Im poetischen Werk dieses größten türkischen Dichters im 20. Jahrhundert spiegelt sich beispielhaft die Geschichte der Türkei und ihrer Menschen wider, in deren Dienst er sein eigenes Leben stellte.

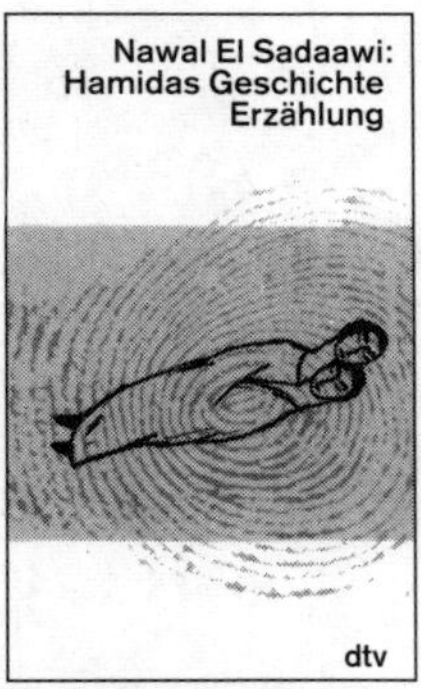

11571 (Sept. '92)
Mit hypnotischer Intensität schildert Nawal El Sadaawi, die ägyptische Vorkämpferin der Frauen aus der patriarchalischen Gewalt, das Schicksal des Mädchens Hamida.

11572 (Sept. '92)
Der Waisenjunge Chicão auf der Suche nach einer »lebenswerten Existenz«. Ein Schicksalsroman und bei aller Sozial- und Gesellschaftskritik eine Liebeserklärung an Brasilien.

Rafik Schami
im dtv

Foto: Alexa Gelberg

Das letzte Wort der Wanderratte
Märchen, Fabeln und phantastische Geschichten

Warum verläßt Momo ihren Ehemann Rudolf S. und brennt mit J.R. durch? Wie legt ein kleiner Rabe einen Pfau aufs Kreuz? Was hat eine Wanderratte ihrem Volk oder vielmehr uns zu sagen? Auf solche Fragen weiß Rafik Schami sehr überraschende Antworten. dtv 10735

Die Sehnsucht fährt schwarz
Geschichten aus der Fremde

Durch seine Märchen ist Rafik Schami berühmt geworden, aber er weiß in den siebzehn Geschichten dieses Bandes auch vom ganz realen Leben zu erzählen, zum Beispiel vom Heimweh und der Diskrimierung der Arbeitsemigranten. dtv 10842

Der erste Ritt durchs Nadelöhr
Noch mehr Märchen, Fabeln & phantastische Geschichten

Zehn Geschichten entführen in eine bunte und bezaubernde Märchen- und Fabelwelt voller Geister, Könige, Riesen und kluger sprechender Tiere. Doch neben den altgewohnten Märchenfiguren begegnen wir auch dem Zahnarzt, dem kleinen Mädchen von nebenan und dem fremdländischen Jungen, die aus ihrem Alltag heraus eine Reise in das Reich des Phantastischen antreten. dtv 10896

Das Schaf im Wolfspelz
Märchen & Fabeln

Neun neue Märchen und Fabeln – vom Schaf, das so gerne eine Wolfsnatur gehabt hätte, vom Bäcker, der vor lauter Geldgier bereit ist, an Wunder zu glauben, und davon, was die Grille im Winter macht. dtv 11026

Der Fliegenmelker
und andere Erzählungen

Geschichten aus dem Damaskus der fünfziger Jahre. Im Mittelpunkt steht der unternehmenslustige Bäckerjunge aus dem armen Christenviertel, der Rafik Schami einmal gewesen ist. dtv 11081

Malula
Märchen und Märchenhaftes aus meinem Dorf

Rafik Schami versteht es, in diesen Geschichten den Zauber, aber auch den Alltag und vor allem den Witz und die Weisheit des Orients einzufangen. dtv 11219

Yaşar Kemal im dtv

Das Lied der tausend Stiere

»Es ist die große Ballade vom Kampf eines Nomadenstammes der türkmenischen Karacullu um ihr angestammtes Winterquartier, das ihnen von den ansässigen Bauern und Hirten immer heftiger streitig gemacht wird ... In einer reichen Sprache, in allen erdenklichen Schattierungen von Freude, Hoffnung und Verzweiflung, von Mut und Niedergeschlagenheit, von Trotz und Ergebung ziehen die Gestalten des Stammes vorüber ...« (Neue Züricher Zeitung)
dtv 10377

Anatolischer Reis

Ein junger Landrat nimmt den Kampf auf gegen ausbeuterische Großgrundbesitzer, die in der anatolischen Landschaft Cukurova ohne Rücksicht auf die verarmte und von Malaria geplagte Bevölkerung riesige Landstriche für den Reisanbau überfluten lassen.
dtv 10704

Gelbe Hitze
Erzählungen

Yaşar Kemal greift in diesen sechzehn Erzählungen die Tradition der Wandersänger und Geschichtenerzähler auf und verbindet sie mit seiner eigenen Lebenserfahrung und dem Wissen um die soziale und politische Wirklichkeit seines Landes zu einem anschaulichen Bild des Lebens der Menschen in Südanatolien. dtv 10933

Die Ararat Legende

Dem Hirten Ahmet, der an den Hängen des Berges Ararat lebt, ist ein wunderschönes Pferd zugelaufen. Ein Geschenk Allahs, sagen alle. Doch eines Tages erhebt der Pascha, dem das Pferd gehört, Anspruch darauf. Seine schöne Tochter stellt sich auf Ahmets Seite ... Yaşar Kemal hat eine alte kurdische Legende neu belebt und zur politischen Parabel geformt.
dtv 11147

Gudrun Pausewang im dtv

Foto: Kraufmann + Scheerer

Die Freiheit des Ramon Acosta

Der »Aussteiger« Ramon Acosta versucht mit seiner Freundin im Urwald zu überleben. Doch das Paradies wird zur Hölle...
dtv 10122

Kinderbesuch

Ein deutsches Ehepaar besucht seine in Südamerika lebende Tochter. Tief beeindruckt vom Reichtum des Schwiegersohns, stehen sie der Armut und dem Elend rund um das vornehme Villenviertel verständnislos gegenüber. Als sie eines Tages allein zu Hause sind, öffnen sie einem kleinen bettelnden Mädchen die Tür ... dtv 10676

Der Weg nach Tongay

Durch eine südamerikanische Wüstenlandschaft führt der Weg einer alten Drehorgelspielerin. Fast Unmenschliches fordert ihr diese Reise ab, auf der sie ein hergelaufener Hund begleitet, der zu ihrem ganzen Lebensinhalt wird.
dtv 10854

Pepe Amado

Die unglaubliche Geschichte eines Schwarzen in Südamerika, der wie ein Sklave gehalten wird, bis man ihm eines Tages einen Vulkan »schenkt«. Ein modernes Märchen, das von der Lüge und der Hoffnung auf Veränderung erzählt. dtv 11088

Aufstieg und Untergang der Insel Delphina

In den ersten dreihundert Jahren, nachdem Delphina aus dem Karibischen Meer aufgetaucht ist, geschieht dort fast nichts, in den folgenden dreihundert Jahren bis zu ihrem Untergang um so mehr ...
dtv 11218